大方
sight

MARCO BALZANO

RESTO QUI

# 留不下的故乡

[意] 马可 · 巴尔扎诺 著

陶慧慧 译

中信出版集团 · 北京

图书在版编目（CIP）数据

留不下的故乡 /（意）马可·巴尔扎诺著；陶慧慧
译. -- 北京：中信出版社，2019.1
ISBN 978-7-5086-9382-8

Ⅰ. ①留… Ⅱ. ①马… ②陶… Ⅲ. ①长篇小说—意
大利—现代 Ⅳ. ①I546.45

中国版本图书馆 CIP 数据核字（2018）第 195010 号



留不下的故乡

著　　者［意］马可·巴尔扎诺
译　　者　陶慧慧
出版发行：中信出版集团股份有限公司
（北京市朝阳区惠新东街甲 4 号富盛大厦 2 座　邮编　100029）
（CITIC Publishing Group）
承 印 者：浙江新华数码印务有限公司

开　　本：880mm × 1230mm　1/32　　印　　张：6.75　　字　　数：127 千字
版　　次：2019 年 1 月第 1 版　　印　　次：2019 年 1 月第 1 次印刷
京权图字：01-2018-4019　　广告经营许可证：京朝工商广字第 8087 号
书　　号：ISBN 978-7-5086-9382-8
定　　价：48.00 元


服务热线：400-600-8099
投稿邮箱：author@citicpub.com

献 给 里 卡 尔 多

# 目 录

第一部分 岁月

1

第二部分 逃离

55

第三部分 水

137

库龙周边地图

199

后记

201

致谢

205

一段在灰烬中渐渐消亡的历史

——蒙塔莱

# 第一部分　岁月

# 第一章

你对我一无所知。或许你其实知道很多，因为你是我的女儿。皮肤的气味，呼吸的温度，紧张的神经，我把这些都给了你。我下面和你说的这番话，是把你当作一个能看到我内心的人。

我能描述你的每一个细节。有几个大雪纷飞的清晨，当整栋房子被死一般的寂静包围时，我甚至还能想起一些新的细节。儿周前，我想起了你肩膀上的那颗痣，以前我给你洗澡的时候，你老是指给我看。你简直被它迷住了。你那浓密的蜜色头发，只有耳朵后面那一小撮儿的颜色稍有不同。

留存下来的几张照片，我常会拿出来小心翼翼地端详，时间一长，每每看到都惹人落泪。我讨厌哭泣。讨厌哭泣是觉得只有白痴才只知道哭。哭泣并不能给我带来任何安慰，反而只会让我觉得筋疲力尽，一口饭都吃不下，睡觉也懒得换上睡衣。人要懂得自我疗伤才行，就算手上满是污渍也要握紧拳头。无论如何都要坚持斗争。这是你父亲教给我的。

这么多年以来，我一直都觉得自己是一个好母亲。可靠、聪明、友好……尽是些不属于我的形容词。村里的人依然尊敬地称呼我为老师，可是他们朝我打招呼时总站得远远的。他们知道我并不是一个随和的人。有时候我会突然想起在学校和一年级小朋友做的那个游戏："请画出和你们最像的动物。"如今我会画一只脑袋缩进壳里的乌龟。

我总是想，如果我不是一个强势的母亲该多好。这样我就不会老问你，这是谁，那又是谁，你信任他吗，你是不是打算和他交往。我自己的母亲就总是这样。这或许是我的另一个幻想吧。如果你现在就在我身边，我也会上下打量着你，怀疑着你每一个闪烁其词的回答。岁月越是流逝，父母的优越感就会越少。如果现在非要做个比较的话，父母肯定处于绝对劣势。你外婆是一个急躁而严厉的人，她对一切都心中有数，觉得凡事非黑即白，如刀削斧劈一般棱角分明。而我迷失在灰色地带。她觉得这都是学习的错。只要是上过学的人，她都觉得特别不好相处。他们不是游手好闲就是趾高气扬，要么就是整日吹毛求疵。但是我相信最伟大的知识，尤其对一个女人来说，就是文字。无论是事实真相，还是历史或传奇，一定要对文字如饥似渴并且牢记在心，这样才能应对人生的艰难困苦。我坚信能救赎我的，就是文字。

# 第 二 章

我对男人一直都毫不在乎。我觉得把男人和爱联系起来是一个可笑的悖论。世界上的每一个男人，不是太笨拙、太多毛，就是太粗野。有的甚至三个缺点均沾。这个村里的所有男人都有一块土地、几头牛羊——萦绕在他们身上的味道就来自这儿。棚舍和汗液。如果我非得要和一个人做爱的话，我宁愿和一个女人。女孩儿高高的颧骨完胜男人粗糙的皮肤。但更明智的选择当然是独自一人，谁都不要理。要是我信教的话，去做修女我都愿意。我和世界越是脱离，我就越兴奋，这要比草率地成家好多了。但是上帝向来是一个难以琢磨的话题，每每想起都觉得甚是迷惘。

我唯一注意过的男人就是埃里克。我经常在黎明时看到他路过我的窗外，帽檐压得低低的，一大早嘴角就叼着根香烟。每次我都想去窗边和他打个招呼，可是一旦我真的开了窗，老妈肯定会立马感受到凉气，大喊着让我把窗子关上。

“特里纳你疯了吗？！”她一定会这样大叫。

老妈真的特别喜欢大吼大叫。而且就算我真的开了窗，要和他说什么呢？十七岁的我简直就是一个呆子，能磕磕巴巴打个招呼已经不错了。就这样，我看着他朝远处走去，走进了树林里，身边还跟着一只浑身长满斑点的狗，那是赶着牛的灰灰。赶牛的时候，埃里克走得特别慢，好像静止了一样。这个时候我就低头看书，想着过一会儿还能在相同的地方看到他；果然，当我再次抬起头的时候，他的身影就会出现在路尽头的那片落叶松下，小小的。就在那片如今已不复存在的落叶松下面。

那年春天，我察觉到自己越来越经常地翻开书页，嘴里咬着铅笔，脑袋里想着埃里克。老妈不在我身边转悠的时候，我总爱缠着老爸问，一个梦想家是否真的不愿意过农民的生活。给菜园子锄完草就和牛羊一起去草地上，坐在岩石旁边静静地待着，看着那山谷、河水，还有天空。平静的河水不知道流淌了多少个世纪，冷清的天空不晓得哪里是尽头。

“这些事情农民们都是可以做的，对吧老爸？”

老爸不住地笑，咬着烟斗说：“你去问问那个你早上从窗口偷看的小伙子，看他是不是做着梦想家的工作……”

我第一次和他说话是在农庄的菜园子里。老爸是一名雷西亚的木匠，他简直把家里都变成了店铺，需要修东西的顾客总是络绎不绝。客人走了以后，老妈就低声嘟囔，说家里从来都不能清净一会儿。他自然是没等她骂完就忍不住了，顶撞她说不知道这有什么好嘟囔的，他给客人送杯啤酒、和大家聊聊天也是维持店铺运营的一部分，这才是吸引顾客的方法。老妈不想再继续争论下去了，一把捏住老爸的酒糟鼻。

“你还真是长本事了。”她对他说。

“而你长的只有屁股！”他反击说。

听到这句话，她可气坏了，大叫:“看看我嫁给了一个什么样的人，一个白痴！”说着就把抹布朝他扔过去。老爸一下子就恼了，朝她回扔铅笔，她又扔了块抹布，他又扔了支铅笔。他们觉得朝对方扔东西也是表达爱意的方式。

那个下午，埃里克和老爸都在店里抽烟，他们瞪着蜗牛一般的眼睛怔怔地看着奥特拉峰上滑下来的云。老爸让我们等他一会儿，他去拿一小杯格拉巴酒。埃里克看到了我，没有说话，而是抬了抬下巴，淡淡地笑了一下。他那种自信的气场让我觉得自己很渺小。

“毕业后想干什么？当老师？”他问我。

“可能吧。或者去很远的地方。”说这句话只是为了让自己显得很酷。

我这么说完他就立刻黑了脸。他猛地把香烟从嘴里拿出来，烟灰都差点烫到他的指头。

“我才不会想着离开库龙呢。”他指着山谷说。

我像个小女孩一样盯着他，听他说完。埃里克摸摸我的脸颊和我说再见。

“跟你父亲说格拉巴酒我改天再喝。”

我点点头，不知道还能说些什么。我用手肘支在桌子上看着他离开，时不时瞥一眼门口，生怕老妈会突然出现。有时候陷入爱情会让你觉得自己在做贼。

# 第 三 章

1923 年的春天我在准备毕业考试。墨索里尼专门等我拿到了毕业证以后才把学校搞得一团糟。一年前，法西斯进军博尔扎诺，烧毁公共建筑，殴打人民群众，武力驱赶镇长，而宪兵像往常一样冷眼旁观。如果不是因为宪兵和国王的放任不管，法西斯政权也不会上台。就连今天走在博尔扎诺的大街上，我都还是心神不宁，觉得一切都对我充满了敌意。“法西斯二十年”时期留下的各种标识比比皆是，这让我想起了埃里克：他要是看到了肯定会怒火中烧。

在那之前，国境线附近的这些山谷中，人们的生活里只有四季变换。那里好像不曾留下历史的印记，恰似一个消逝的回音。这里的人们说德语，信仰天主教，以农耕和畜牧为生。要想了解这群山里人，没有别的信息要补充的了。你也属于这群人，至少你出生在这里。

墨索里尼把街道、河流、山岳……通通重新命名，这些刽子手还跑去骚扰死者，竟然改动了墓碑上的碑文。他们把我们的名字意大利语化，替换了商店的招牌，还不准我们穿自己的衣服。一夜之间，我们去学校遇到的都是来自威尼托、伦巴第和西西里的老师。他们听不懂我们讲话，我们也听不懂他们在说什么。在南蒂罗尔，意大利语是外国话，只有在留声机里才会听得到，只有经由特伦蒂诺去奥地利做生意的瓦拉尔萨小贩才会说。

你的名字很特别，听一遍就会让人难以忘怀，但是对于不记得你名字的人来说，你一直是埃里克和特里纳的女儿。大家总说我们俩是一个模子刻出来的。

“你如果走丢啦，闻着面包的味儿就能回家！”牙都掉光的面包师傅总爱做鬼脸逗你。你还记得吗？在街上一闻到面包味儿，你就牵着我的手拉我去买一块。没有什么比热腾腾的面包更能让你开心的了。

我认识库龙的每一个居民，但是好朋友只有马娅和芭芭拉两个。她们现在都不住在库龙了。其实她们很早就已经离开了，我连她们现在是生是死都不知道。当年我们关系好得不得了，三个人都上的同一所学校。因为师范学校离得太远了，我们没办法去上课，只能每年去博尔扎诺考两次试。去博尔扎诺可有意思了：我们激动地在市里转悠，除了大山、木屋之外，我们终于可以看到大楼、商店，还有车水马龙的街道。

我和马娅真的是很喜欢教书，等不及要站到讲台上去。芭芭拉更想当一名裁缝，不过她也注册入学了，因为“这样的话我们就能永远在一起了”，她这么说道。那个时候我们形影不离，经常晚上互相送对方回家，到了农庄门口，一个人就对另外一个说：“没事儿，天还亮着呢，我把你送回去吧。”

我们散步的时候沿着河流或者树林的边缘走得很远。我记得芭芭拉总是在散步的时候对我说：“要是我有你这样的性格就好了……”

“为什么呢？我什么性格？”

“就是，思维清晰，知道自己的目标。我什么时候都迷迷糊糊的，需要有人牵着我往前走。”

“我觉得我这样不一定好。”

“你能这么说是因为你对自己要求有点太高了。”

“总之，”我耸耸肩说，“如果能像你一样美，我可以二话不说把自己的性格给你。”

接着她展开了笑脸，如果周围没有人，或者天色正要暗下来，她会给我一个吻，对我说些甜蜜的话。那些话我现在一点儿也想不起来了。

领袖一来，我们就知道自己有失业的危险，因为我们不是意大利人。于是我们开始学习意大利语，希望依然有人愿意雇佣我们。那个春天，我们每个下午都是拿着语法书在湖边度过的。我们一吃完午饭就见面，赶到湖边的时候，有人用餐巾包着水果，有人嘴里还嚼着一口饭。

“现在开始大家都不要讲德语了！”我呼吁大家都遵守约定。

“我想当老师，但我想教的可不是别人说的语言！”马娅把满是涂鸦的笔记本摔在地上，抗议道。

“我想设计衣服还没说什么呢！”芭芭拉不吐不快。

“要我说呀，又没人逼你去当老师。”马娅回了一嘴。

“你们听听这个恶毒的人说的什么话……什么叫又没人逼我去当老师？”她一边扎起了辫子一边抗议。她那浓密的红色头发散开得满脸都是。后来她就把话题转到了我们说要一直在一起永远不结婚的事上。

“你们要相信我，如果我们结婚了，都会变成仆人的！”她坚定地得出这么一个结论。

回家后，我很快就上床睡觉了。我总是渴望独处。躺在床上，我在黑暗潮湿的房间里可以思考上好几个小时。我想着，不管愿不愿意，我都在长大，烦心事也越来越让我觉得神伤。不知道你是不是也有过类似的恐惧，还是说，你更像你的父亲，和他一样觉得人生就像一条河流。一旦事情要起变化或结束，比如毕业，比如婚姻，我总有一种想要逃离的冲动，想把一切都抛在脑后。为什么活着就一定要前进呢？就连我在生你的时候都在想：“为什么我不能把她在肚子里多放一会儿呢？”

五月，我、马娅和芭芭拉整个星期都待在一起，不再像从前那样偶尔才见上一面，或者只有等周日弥撒才能相见。我们对这门新语言勤加练习，希望我们的毕业证可以让法西斯瞧得上眼。但由于内心深处我们自己都不相信这套说辞，表面上说是学习语法，其实我们整天都在听芭芭拉的意大利语黑胶唱片。

我会亲吻你

如果你回到这里

但我不会吻你

若你要去战场杀敌

笔试前一周，老爸同意我去芭芭拉家过夜。为此我央求了好久，最后总算是得逞了。

“好吧孩子，你可以去朋友家，但是你答应我要考出个好成绩。”

“那你觉得多少分是好成绩呢？”我亲了亲他的脸颊，问道。

“嗯，平均分 10 分吧！”他伸出双手比了个数字 10。老妈坐在他旁边缝袜子，也点了点头。老妈只要一有空就开始缝袜子，她总说脚受凉了全身都会冷。

然而我并没有拿到满分。按开学前的约定，马娅给我们买了喝的东西，还做了水果馅饼。芭芭拉觉得马娅肯定得了 10 分，因为她的教授是头猪，一直盯着她的胸部看。

“我只得了 7 分，因为我只有这两个小苹果！”芭芭拉用手掂量着自己挺起的乳房，抗议道。

“你得了 7 分是因为你蠢得像头驴！”马娅刚说完，两个人立马抱在了一起，滚倒在草地上。我在日光下眯着眼，笑着看她们打闹。

# 第 四 章

毕业以后我们还会经常见面，有时在湖边，有时在落叶松下，却再也不提学习意大利语的事了。

“如果有学校雇佣我们那还好说，不然的话，都去他的！”马娅匆匆下了结论。

“这儿没人有毕业证，他们肯定要雇我们的。”芭芭拉说。

“你觉得法西斯会在乎你的毕业证吗？他们只想让意大利人工作！”

“我们上了学，到头来什么都没有，”马娅叹息道，“我将来只能和我爸一起看店，整天和他吵架了。”

“总比整天缝袜子好。”我说。一想到要和老妈整天待在一起，我都要窒息了。

法西斯不仅占领了学校，还有市政府、邮局和法院。蒂罗尔的公务员都被当场解雇了，意大利人在办公室挂起写着“禁止说德语”和“墨索里尼永远正确”的标语。他们开始实行宵禁制度，周六下午聚集起来迎接中央任命市长的巡视，这是他们盛大的节日。

马娅说：“我觉得自己就像是走在还没爆炸的矿井上。”她很快就对我们的闲聊感到厌倦，说我们总在聊一些不重要的话题。“你们难道都看不见都他妈发生了什么吗？”她再也忍不下去了，“库龙，雷西亚，圣瓦伦蒂诺……只要是法西斯占领了的，就再也不会是我们的了。男人们不再去酒馆，女人们走路都挨着墙脚，晚上街头连个鬼影都没有！你们究竟如何做到让自己置身事外的？”

“我哥哥说法西斯来日无多。”芭芭拉想让她平静下来，如此回答她。

马娅却一点儿也平静不下来。她像马一样喘着粗气，一骨碌躺倒在了草地上，说我们净是些爱慕虚荣之徒。

她从小和我们受到的教育就不一样。她父亲上过学，经常给孩子们讲一些南蒂罗尔和世界上其他地方发生的事情，比如这个统治者是谁，那个部长又是谁。如果他看到我和芭芭拉也在，就会发表一番长篇大论，一连提到无数个我们从来没听说过的人名和地名，最后这样告诫我们：“你们以后结婚了，一定要把这番话告诉你们的丈夫，你不搞政治，政治就要搞你！”然后他就去别的房间了。马娅特别崇拜自己的父亲，每次他一说完话，她就点头表示认可。我和芭芭拉就看着窗外，觉得自己和驴一样蠢。

“这样看来马娅将来会变得比她父亲更狂热。”我们回家的时候芭芭拉说。

有时候我和芭芭拉两个人单独出门。我们骑着自行车，一直到圣瓦伦蒂诺，在湖边感受清凉的湖水滑过大汗淋漓的脸庞。

“我觉得山在和我们一起成长。”芭芭拉踩着踏板，在空中扬起下巴，示意着山的方向。

“你是说它们把我们藏起来不让我们看见世界？”我问她。我在想，有一天若是想逃离，山是不是会把我困在家里。

“你那么关心世界做什么？”她笑答。

老爸从店里回来的时候老说走在路上还能闻到战争的味道。马娅的父母觉得还不如去奥地利呢，好远离法西斯。芭芭拉的父母则想去投奔在德国的亲戚。

这期间南蒂罗尔的人口也发生了变化。几个月过去，不断有领袖派来的意大利殖民者到来。就连库龙也有人来。这些南方来的外来者很好认，他们手里拎着行李，高傲地看着那些从未见过的山坡和低垂的云朵。

他们一来就和我们形成了对立。一群人的语言对立另外一群人的语言，新权力施加的暴政对立数个世纪传承的力量。

埃里克经常来我家拜访，他和老爸是老朋友了。老爸对他很好，因为埃里克没有父母。

老妈却一点都不喜欢他。“那个小伙儿狂妄自大，”她说，“他和人说话都好像是在施舍恩惠。”人们常有的宽容之心在她身上真是一点都找不到。

老爸让他坐在扶手椅上，然后把椅子转过去，手肘搭在椅背上，双手撑起长满胡子的脸颊。看起来埃里克好像是他儿子一样。一个不安分的儿子，一个什么事都要寻求他意见的儿子。我在门框后面偷看他们。我尽量轻手轻脚，屏住呼吸，手掌贴在墙上。如果我弟弟佩皮出现，我就把他拉到身边捂住他的嘴。他当然是要挣扎一番的，可是那个时候以我的体格，把他控制住还是可以的。佩皮比我小 7 岁，除了夸他听妈妈的话，我真的和他没有什么共同语言。他就是一个脸上总是脏兮兮的，膝盖上总是蹭破皮的小屁孩儿。

“意大利政府好像要重启水坝项目了，”一天晚上埃里克说，“有些赶牛羊去圣瓦伦蒂诺的农夫看到了施工团队。”

老爸耸耸肩。“大家都这么说了好多年了，到头来不都没了下文嘛。”老爸温柔地微笑着，回答他说。

“如果他们果真要建水坝的话，我们必须要想办法阻止。”埃里克看着别处，接着说，“法西斯一心想着毁了我们，想让我们流落到意大利去。”

“别担心，虽然法西斯还要掌权一段时间，但是他们在这里建不起来水坝，这里土质很软的。”

然而埃里克灰色的眼睛里充满了不安，宛如猫的眼睛。

第一次听说要修水坝还是在 1911 年。蒙泰卡蒂尼公司的企业家们想征用雷西亚和库龙的土地，开发水电。意大利的工业家和政客说，上阿迪杰是一座白色的金矿，他们越来越频繁地派遣工程师来考察山谷，探测水流。我们这些村子将会全部被埋进水的坟墓里，从此杳无踪迹。所有的农庄、教堂、店铺，还有牛羊吃草的牧场，通通要被淹没了。水坝会让我们失去房子，失去牛羊，失去工作。水坝会把我们的一切都夺走，我们到时候只能背井离乡，换另外的职业，去另外的地方，变成另外的人。我们会死在远离韦诺斯塔山谷的地方，远离蒂罗尔的某处。

1911 年的时候项目还没有开工，因为这里的水文地质条件不适合，风险很大：底层结构不连续，地表以下都是白云岩的碎屑。但是当法西斯掌权之后，大家都心知肚明，领袖肯定很快就会在博尔扎诺和梅拉诺建工业区——这些城市就会扩大两倍甚至三倍，意大利人就会成群结队拥来找工作——能源需求也会相应地大大增加。

在酒馆里、在教堂门廊下，还有在老爸的店铺中，埃里克疾声高呼："你们等着瞧吧，他们会回来的。你们别怀疑了，他们会再来的。"但是不论他费了多少心力，村民们喝酒的喝酒，抽烟的抽烟，打牌的打牌。他们不是抿起嘴就是把手好像赶苍蝇一般在空中挥动着，丝毫不理会他说的话。

"他们觉得看不见的就是不存在的，"埃里克对老爸说，"只要能喝上一杯葡萄酒，他们什么都不在乎。"

# 第五章

他们没有雇佣我们，而是选择了西西里和威尼托乡村的一些半文盲。至于蒂罗尔的孩子们到底能学到什么，领袖完全不关心。

我们三个整天浑浑噩噩地走过人山人海的广场，那里的商贩摊主从早吆喝到晚，女人们熙熙攘攘地挤在摊子旁边。

一天早上，我们遇到了神父。他把我们拉入一个小巷子，巷子的墙上爬满了青苔。他说如果我们真的很想教书，必须要“去地下墓穴”。“去地下墓穴”的意思是当秘密教师。这是违法的，被抓住的话面临的不仅是罚款，还有暴力殴打和灌蓖麻油，最后不知道会被流放到哪个荒岛上去。芭芭拉立刻回绝了神父，我和马娅迟疑地对视了一眼。

“没时间考虑了！”神父催促。

回家后我提起这件事，老妈惊呼我会被送去西西里和南蛮生活在一起的，老爸却觉得挺好。其实我并不想去，我从来都没有这样的勇气。我去是因为想给埃里克留下一个好印象。我听他说过自己参加秘密集会，读德语报纸，还是德国合并派团体的一员。在地下墓穴教课应该可以让他刮目相看，另外还可以顺便搞清楚我自己到底想不想当老师。

神父把我派去了圣瓦伦蒂诺的一个地下室，而马娅则被分到了雷西亚的一个农庄棚舍。我们下午五点上课，那个时候天已经黑了。或者周日做弥撒前，那个时候天也是黑的。我气喘吁吁地骑车过去，走一条我以前都不知道的泥路。树叶飘落和蟋蟀鸣叫都能把我吓个半死。我把自行车藏在村外的树林边，低头赶路，避免遇到宪兵。我现在觉得这些该死的宪兵更像是蛾子一样，哪里都能遇到。

玛尔塔女士的地下室里堆满了坛子和旧家具，大家坐在一堆稻草上上课。所有人都压低声音说话，因为随时要注意从外面传来的声音。有人从菜园子里经过都能把我们吓得不轻。小男孩儿们什么都不懂，而小女孩儿们都瞪大眼睛看着我，双眼充满了警觉。我有七个学生，我教他们阅读和写字。我用手握住他们的小手，如甲胄一般保护着他们。我领着他们一笔一画地写下字母、词语，还有人生中的第一个句子。最开始的时候，我感觉这完全是不可能的事，但是渐渐地，度过了一个又一个晚上以后，他们已经可以一个字一个字地高声朗读了，读的时候用指头指着字，生怕看错行。教德语真的是太美妙了。我特别喜欢这个工作，有时候甚至会忘记自己秘密教师的身份。我想起埃里克，如果他能看到我在那里，全神贯注地在一块石板上写下字母和数字，让孩子们抄写下来并轻轻地齐声跟读，他肯定会为我感到骄傲的。准备回家的时候，我把头发全部放下来，不然的话会一直头疼。但是我觉得头疼也挺好的，这可以分散我的注意力，让我不会一直胆战心惊。

一天晚上，两个宪兵破门而入，好像我们是土匪一样。一个小女孩儿开始尖叫，其他人四散而去，跑到角落里转过身去面对着墙，不敢看眼前的景象。只有泽普留在了自己的位置上，他缓缓地走到一个宪兵跟前，带着一种平静的怒火开始辱骂他，这个画面我永远都无法忘记。宪兵虽然听不懂德语，但还是狠狠地扇了他一巴掌。小男孩儿纹丝不动，没有哭，只是用仇恨的目光继续瞪着他。

离开前，宪兵还在墙上摔断了黑板，踢坏了坛子，弄翻了家具。

“我们要把你关进监狱！”他们一边把我拖向市政厅，一边大声叫喊。

我整晚都被锁在一个空荡荡的房间里，连草垫都没有。墙上有一张墨索里尼的照片，他双手叉腰，目光炯炯有神。大家都说他很受女性欢迎，于是我仔细研究他的脸，想看看到底有什么好看的地方。昏昏欲睡之际，一个宪兵用棍子敲了一下桌子叫醒了我。他用一盏台灯照着我的眼睛，不断地问：“是谁给你的材料？”“其他的秘密教师藏在哪里？”“孩子们的父母是谁？”

老爸来接我的时候还被他们揪了胡子，他们对不喜欢的人都这样干。不仅如此，他们还敲诈了他一大笔钱。我感觉糟糕极了，胃一直抽搐，眼睛也血红。我以为老爸会命令我不要再去了，但当我去喷泉旁边浸湿手巾擦脸的时候，他说：“如今你只能继续干下去了。”

我们换了地方，教室搬到了老爸一个顾客的阁楼里。大家都来了，除了那天尖叫的那个小女孩儿不愿意再来了。学生们勉强能有几张作业纸，有时候连纸都没有。有的人从意大利学校发的笔记本上撕下几张纸来用。去意大利学校学习是强制的。下课后我会让他们从后门出去。有一次突然有人敲门，我们急忙跑上房顶，身手敏捷得像耗子一样。学生们害怕跌下去，紧紧地靠在我身边。结果最后主人上来笑着说，是面包师忘记送面包了。

夏天来了以后，上课就简单多了。我们去田地里上课，太阳和明亮的光线让我们忘记了一切不好的事。在室外如何藏好秘密学校变成了我们的游戏。我们一连几个小时都在排练节目，那是我准备让他们圣诞节的时候在马娅的农庄演出的节目，我们大声朗读安徒生童话和格林童话，我们还教他们读禁诗，都是些我儿时上奥地利学校的时候背下来的。路上时不时会传来一些声音，我每次都吓得立刻噤声，而泽普会拉起我的手，用他深邃的眼神安抚我。多年以后我得知，泽普成了最年轻的通纳粹分子之一，在博尔扎诺的集中营筛选犯人。

我每天晚上都会梦到宪兵和黑衫军，经常浑身大汗地突然惊醒，盯着天花板久久不能再次入睡。睡前我都会在农庄转一圈，看看他们是不是真的没有闯进家里。我每个地方都要检查一遍，床底和衣柜里也不放过。老妈睡眠很浅，会从隔壁房间朝我喊："特里纳，都这个点儿了，你不睡觉在干什么？"

"我得检查检查有没有宪兵！"我回答。

"检查床底下？"

"呃……"

然后我听见她翻了个身，嘟囔着说我已经快疯了。

与此同时，秘密学校的规模扩大了。有人从巴伐利亚和奥地利给我们走私来了笔记本、算盘和黑板。我们把这些教学用品都先放在神父们那里，再由他们分配。虽然法西斯四处都挂着“禁止说德语”的标语，可是一切的一切他们都没法儿意大利化，于是变得越来越暴力了。

冬天来的时候，为了骗过宪兵，孩子们都伪装了起来。他们用大衣紧紧包裹住自己，看起来好像发烧了一样，还有人穿着自己父亲精心打过补丁的工作服。这盛装出行的架势，简直像是要去参加初领圣体弥撒礼仪……晚上我骑着自行车终于看到家、看到煤油灯透过布满油烟的玻璃发出的光芒的时候，我开心极了，觉得自己又一次侥幸取胜了。

有一天我和芭芭拉出门。我们在草地上亲吻，起来的时候我们的衣服都刮破了。我们喜欢互相亲吻，但是我也不知道我们为什么要那么做。或许当你年轻的时候，你并不一定要知道为什么。我们坐在砍断的树桩上，芭芭拉拿出用纸包起来的巧克力饼干。

“我喜欢教德语，”我一边嚼着饼干一边对她说，“而且知道自己做的事情是在和法西斯作对，我就更喜欢了。”

“你不害怕吗？”

“开始的时候害怕，现在我学会了观察孩子们的脸。当他们平静的时候，我也会变得平静。”

“那些混蛋肯定不会让我们教一天书的。”她绝望地说。

“你为什么不来呢？”我问她说。

“特里纳，我告诉过你了，我没有你那种性格，如果我遇到发生在你身上的事，我肯定会心脏病发作而死的。”

“他们只会狠狠地吓唬你。”

“可现在我要在父亲的店铺里帮忙。”她接着为自己辩解道。

“你教书并不意味着不能干活儿了！你可以在闲下来的时候上几个小时的课，”我匆忙地想要结束这个话题，说，“你会发现，和孩子们待在一起对你有好处，他们比大人好多了！”

她咬着嘴唇想了很久，说：“好吧，但是你不要告诉别人。连我父母也不行。”

我和神父说了这事，他立刻同意了。在雷西亚有另外一个小组就要开课了。

我差点没有赶上亲耳听到芭芭拉告诉我，她乐在其中而且很喜欢这个工作。

那是一个周四的晚上，库龙下着雨。每年十一月的下午，都会出现这样的斜风细雨。我和佩皮在家里捏肉丸子。

外面有人一把扔下了自行车，用拳头砸门想要进屋。

“她正在上课，他们突然就下来了，把圣器室都搬空了，什么都给摔碎了，还踢跑了孩子们！”马娅大喊。“只剩她一个人的时候，他们就把她拽着头发塞到了车里，”她喘着粗气，眼神冷峻，继续说道，

“他们要把她送到利帕里关起来。”

我连他们有没有碰她都没能问出口。我就这样呆住了，唾液一直哽在喉咙里。

雨不住地落着，我站在门口，脸都湿了。

# 第 六 章

老爸和埃里克和往常一样，终日在闲聊、格拉巴酒和香烟中度过。我也重复着往常的生活，靠在门框后面，做着我的白日梦。他刚一站起来准备回家，我就跑到厨房躲起来。每次为了掩饰自己，我都假装折桌布或者像快渴死的人一样大口喝水。我以为日子会一直这样下去。其实我还挺喜欢这样的，看着他总是一个人，总是在那把扶手椅上坐着，我自己也不觉得孤单了。这难道不能成为一种相爱的方式吗？就在这里悄悄地看着他，而不必上演结婚生子的寻常戏码？

十一月的一天，他来家里的时候下巴上被划了一个大口子，伤口划过整个脖子，一直延伸到衬衫里面，好像有人想把他的头像椰子一样切成两半。老爸本能地架住他的腋下，把他扶到了火炉对面的椅子上。

“最近几个晚上，我都和一群村民埋伏在村子后面。今天看到一群意大利探测员来了。‘我们在这里住了几个世纪，我们的父辈和子女都住在这里：我们死去的祖先都在这里！’我这样大喊。然后他们中间的一个懦夫拿出了警棍，结果一个工程师制止了他，回应我说一定可以达成一个共识的。‘发展肯定要比几座房子更有价值。’他这样对我说。”

看到他受伤我很伤心，但是终于能和他靠这么近，还不用藏起来，我觉得很幸福。我想用棉布给他处理伤口，想告诉他说，埃里克，你接着说吧，照顾你就包在我身上了。

“我们中的一个人说，我们是不会无缘无故就回去的，整个村子的人都会奋起抵抗。‘我们会举起干草叉，敞开棚舍，放狗咬人！’他这样喊道。于是警棍和鞭子落到了我们身上。”他摸了一下伤口，好像没有这个动作我们就无法相信他似的。

老爸听得目瞪口呆。

“你要留下来吃饭吗？”我问他说。但是老妈立即瞪了我一眼。

埃里克却说他需要一个人静一静。

一天下午，我上芭芭拉家去。我们两家相距仅仅一百步之遥，我们竟突然就开始不和对方拉手，不一起散步了，这让我无法接受。于是吃完午饭，老妈刚躺到床上，我就从桌子上拿了一块蛋糕，包在餐巾里，悄悄地出门了。

我满身大汗地到了她家农庄的门口，站在那里，我突然僵住了。我没能敲门也没能叫出她的名字。我希望能看见芭芭拉出现在对着棚舍的窗口，她父母不让她出门的时候她总这样。夏天，她有时候不关窗，我路过的时候就吹个口哨呼唤她。她听到以后回我一个口哨，从窗台上跳下来，手里总是拿着纸包起来的小甜食，我们一起边走边吃。她的姐姐亚历山德拉总说我们那样吹口哨比牧羊人还要粗野。

我不知道在门口待了多久，两条腿紧紧地粘在一起，连回去的路都不知道怎么走了。直到亚历山德拉出来了。她手里拿着几个包裹，一看到我就把它们扔在了地上。

“我可以和芭芭拉说句话吗？”我细声细气地问。

亚历山德拉看了我好久，不知道她眼睛里的是蔑视还是震惊。然后她抬了抬下巴，示意我离开。

“我可以和芭芭拉说句话吗？”我又问了一遍。

“她不在家。”

“你这么说是因为你不想让我说那件事儿。”

“我是不想，”她紧紧地抿着嘴说，“她也不想。”

“求求你了，”我又说，“在这儿也行，让我见她一分钟就可以。”

“就是因为你，他们要把她送去监禁，你知道吗？”

我们都沉默着，好像两个正在决斗的人，气氛剑拔弩张。羊的咩咩叫声从棚舍传来。

“让开！”我突然冲她喊，“让开！”我又喊了一声。

我低着头朝着她冲过去，像牛一样，推她的时候觉得控制我动作的不是我自己，而是我不认识的一部分身体。我们像泼妇一样撕打了起来。亚历山德拉揪住了我的头发，一脚把我踹倒在地上。

“你如果不走，我就要叫我爸了。”

我突然意识到自己做了什么，羞愧得恨不得死去。被她抓破的脸上流满了泪水。

她守着门，直到我离开。我走在路上，想最后一次转身求她，求她至少把我带的那块蛋糕交给芭芭拉。蛋糕已经掉在那堆包裹旁边的地面上。我却说不出话来。

我一个人在街上游荡，没有方向。回家的时候已经是晚上了。我刚到家，老爸就迎了上来。

“能说说你去哪儿了吗？天都黑了好一会儿了，混账东西！”

我的脸都哭红了，但是他什么都没有察觉到，就连我脸上的抓痕他都没看见，一副只想教训我的样子。

“你妈妈发烧了，已经早早上床睡觉了，你觉得你这样好吗？”

我向他道歉，发誓说以后再也不会发生了。我准备睡觉的时候，他说要告诉我一件重要的事情。

“明天吧，老爸，我今天过得很不好。”

他把手搭在我的胳膊上，叫我坐在扶手椅上。

“我和他说了。”他说。

“和谁？”

“还能和谁？！”

“我跟你说过了老爸，我今天过得很不好。让我睡觉吧。”

“他说自己从来没有考虑过，但他觉得挺好的。其实呀，他挺开心的。”

我这个时候才意识到他在说埃里克。我用手揉了揉脸，拿手帕把眼泪擦干。

“你为什么没有经过我的同意就问他？”

“哎呀孩子，我这是帮你呢，你就这样对我？你不是想和他结婚吗？你是想一辈子折你的桌布吗？”

我从来没有感觉如此晕眩过，太阳穴处的神经不断跳动，我啜泣不止。

“那他到底喜不喜欢我？”哽咽中，我唯一能问出来的就是这句话了。

“当然了！你这么漂亮！”

“我只有在你眼中才漂亮，老爸。他喜欢我吗？”

“你倒是告诉我，他怎么可能不喜欢你呢？”

“那老妈呢，现在谁要去跟老妈说？”我生气地大叫，被这一团混乱搞得很崩溃。

“问题要一个一个地解决。”他说着向我伸出双臂，看着我，丝毫不理解我为什么是这个反应。

“我现在可以去睡觉了吗？”

“你至少告诉我你想不想和他结婚啊。”

“我觉得和埃里克结婚挺好的。”我一边说着一边从扶手椅上站了起来。

“你想和他结婚怎么还一直哭呢？”他磕磕烟斗，说了这么一句。

我一个字也说不出来，他走到我跟前，紧紧地抱住我，比我毕业考试回来那次的拥抱更加用力。

“我很高兴，特里纳。他是一个孤儿，命途多舛，就连他的那块土地也是整个村里最小的。总之你要是跟着他呀，肯定要挨饿的！”他笑着，希望我也能笑起来。

那天之后，过了整整一个星期我才感觉好起来。终于平静下来并且振作一点儿后，我去问老妈：“那我可以和他结婚吗？”

老妈一直在扫地，连看都没看我一眼，回答说：“你想做什么都可以，特里纳。就你那三寸不烂之舌，还和我讨论个什么劲儿。你若真想听我的意见老早就问我了。”

老妈能这样我已经很满意了。

# 第七章

老爸挽着我的手走到圣坛前，教堂里四处都是马娅布置的天竺葵。我努力不让自己的眼泪流出来。我想哭不是因为激动，而是因为就在同一天，他们要把芭芭拉装进车里送去监禁地。他们用比对待妓女还恶劣的方式对待她，逼她戴着手铐游街示众。我穿着浆洗过的褶边白裙，头顶发髻，脚蹬发亮的皮鞋，而她头发蓬乱，脚上只有两只旧拖鞋。大家在教堂等我，连神父在内的所有人都觉得我是故意迟到，以为我实际上是为了给精彩亮相做伏笔。其实我是在教堂门廊哭着请求老爸，拜托他就这样带我去见芭芭拉，让我和宪兵说句话，让我承认这一切都是自己的过错，承认自己也应该被关起来。

"孩子，别这样。"老爸耐心地劝导着，把他的手帕递给我。如果不是佩皮出来帮他把我拖去了圣坛，我说不定就真的把结婚典礼毁了。

我们住在埃里克的农庄，农庄是他父母留给他的。能看得出来，这间房子里曾有人过世。客厅黑漆漆的，家具上目光所及之处都摆放着他母亲的照片——母亲少女时期的照片，母亲和孩子们一起的照片，母亲和自己母亲的照片。他把装修房间的任务交给我了，让我一个人刷墙，一个人搬家具。搬家具的时候，他母亲的相框冷不丁地就会从哪个角落掉下来，玻璃碎了一地。我用扫帚拂走碎玻璃，亲吻着她的照片乞求逝者的原谅，然后把照片“砰”地关进最后一个抽屉，如释重负地松一口气。我用了一个月的时间把家具全都搬了出去。

农庄里从来都不缺少空间，外面围着一片草地，灰灰喜欢在那上面跑来跑去。但棚舍离家里太近了，一种垃圾和草料的味道怎么都飘散不去，恶臭刺鼻，好几个晚上恶心得我都要吐出来了。更别说家里还冷得让人受不了，冬天我们只能把被子披在肩上御寒，走来走去简直像鬼在飘。冰冷的风从门缝底下钻进来，发出恐怖的嘶嘶声。我们整日都贴在瓷砖火炉旁，只能偶尔洗一次澡，一吃完晚饭就躲进被子里。埃里克几乎每天都像一头驯服的野兽一样，贴近我，和我做爱。对我来说，这是一种仪式，不能说喜欢，也谈不上不喜欢。这让他觉得很好，就够了。有时候我正在和他做爱，脑子里却想着芭芭拉，不知道她现在到底去了哪里，不知道她有多恨我。

天还黑着的时候，我就起床给他煮奶汤，需要的话我也去棚舍帮忙挤牛奶、铺干草。我不觉得这么早起床会很累。独处时，我就给自己再倒上一杯大麦咖啡，然后去给孩子们上课。神父派我去一家钟表店后面的工具房上课。法西斯扫荡了整个山谷，其他的老师都被罚了钱并被关了起来。只有教士们以“教义问答”为托辞，依然可以教授德语课。

课后我去父母家里吃饭。通常我吃完饭就和他们待在一起，有时候也回家看书。老妈打心底里不支持我这样浪费时间。一看到我手里拿着书，她就咕哝着说，书只能带我去地狱，然后开始碎碎念着给我推荐一些别的手艺，不停地唠叨说我应该学女红，给未来有孩子的时候做准备。

周日我和埃里克骑车出游。我们在河边装满整整一筐的蘑菇，探索通向悬崖的小路。我很熟悉这片山谷，不是因为我在这里出生，而是因为他总带我来。在海拔高的地方觉得冷时，他就揉搓我的肩膀。他纤长的手喜欢神经质地做些小动作，我很喜欢他的手搭在我身上的感觉。就连每次过节，他也会凌晨就起床，说："快来，我们去散步吧，天色特别纯净！"我通常喜欢继续赖床，埃里克就去煮大麦咖啡，端到床上后开始掀我的被子。

他总说自己没想过孩子的事，我回他说我自己想要孩子的时候，他耸了耸肩。

"他们想来就会来的。"他这样结束了话题。

这样的谈话没发生几次，我就怀孕了。我当时刚走出工具房不久，突然就感觉到一阵强烈的恶心如阵痛般传来。我急忙骑车回家，刚奔到洗手台旁边，我又像往常那样拿不定主意了，我停了下来，想着说不定待在外边要更好一点。结果当然就是我吐在了门上。

"我告诉过你，他们想来就会来的！"埃里克笑着说，把我的头埋在他的胸前。

怀孕期间我总是犯困，每次从工具房回来后，我吃几口饭就上床了。我也不害怕法西斯了，即使怀孕了，我也一点儿都不打算放弃当秘密教师。

埃里克从田地回来之后会把他的手放在我的腹部，说他觉得我生的肯定会是个女孩。他要给孩子起名叫安娜，这是他母亲的名字。

“如果是女孩的话，我们要叫她马里卡。”我不容分辩地说。

# 第 八 章

米夏埃尔起初都幸福地睡在摇篮里——摇篮是老爸亲手做的，里面的棉花是老妈铺上去的。他从来都不哭闹，甚至都不怎么开口说话，过了整整三年才吐出人生中第一个字。这和你完全相反。埃里克仅仅有的时候哄哄他，或者把他放在自己的肩头睡觉，其他的事情一概不管。我问埃里克为什么不和孩子在一起待久一点，他说孩子不会开口说话，自己不知道和他说啥。

我还是挺有精力的，可以接着教德语，和马娅出去游玩。这是因为我还可以依靠老妈，她每天早上都来帮我。我其实不喜欢她来帮忙。她一进屋子就摸摸我的乳房，指责我太瘦了："你这个样子出不了多少奶水的。"她总这么说。她还总想一直把小孩抱在怀里，想时时刻刻都给他喂奶。

又过了四年你才出生。这四年来我一直因为你而心神不宁，就算老妈让我觉得自己不是一个合格的母亲，我也想要生你。我发觉自己怀上你的那天是我人生中最幸福的时刻。我当时就觉得你肯定是个女孩，我很确定要给你起那个我在一本小说里面读到过的名字，虽然老妈觉得这个名字是我因为读师范学校而产生的又一个怪念头。

你是在一个冬夜出生的。那天风雪交加，接生婆来晚了，你的头都已经出来了。老妈做好了所有的准备工作。她给我裹上干燥的布，点燃炉子提供持续不断的热水，给我换纱布，让我有时间交替使劲和放松，确保我不至于筋疲力尽。就连那种紧张时刻她都像将军一样在发号施令。但她确实小心谨慎，对我的照顾无微不至，自始至终都没有松开过我的手。

你生出来以后，房间里弥漫着分娩的味道，我也不知道说些什么才好，只是觉得很羞耻。老妈就给你洗了个澡。你干干净净的，头上都是浓密的小头发。她把你靠在了我的乳房上，满头大汗地叉着腰说："她长得可和你一模一样，我们要注意了，一定不要让她碰书籍！"她看着你白皙光洁的皮肤，满意地笑了——幸亏不是红彤彤皱巴巴的。

埃里克一连几天都在外面伐木。他带着雪橇和一群村民一起出去了。他每次出去伐木我都非常担心。这可是一项很危险的工作，曾经发生过雪橇滑得太快而失控撞上树或是冲下峡谷的事故。他回来的时候，我对他说老爸已经在市政厅登记了你的名字，没有办法再改了。

"你的这个母亲呀，真是世界第一倔强。"他说着，拥你入怀，仔细打量着你的脸。

你不像米夏埃尔。你老是吐奶，每天给你喂奶都特别费劲。我必须要把奶挤进你的嘴里，因为你吸着吸着就觉得累了。为了让你睡着，我必须抱着你不停地摇啊摇，你手里还非得要抓着老妈用线系在你手腕上的一个绒球。她觉得，你总担心自己会掉到地上，所以我们一定要注意，不能让你一个人待着，担惊受怕。米夏埃尔晚上看着你，直到你入眠。你盯着煤油灯，榛子一样的眼睛瞪得大大的，然后突然就合上了。如果你的手在空中挥来挥去，他就抚摸你的肚皮，让你不要惊醒。你很快就会说话了。或许正是这个原因，我一直觉得你会是一个特别健谈的人，可以和任何人无障碍交流。

你三岁的时候就跑得像兔子一样快了。你的腿上有使不完的劲儿，老爸在你后面很快就跟不上你了。后来你就开始和埃里克一起出去玩，如果你乱跑，他就一把抓住你的脖子。看着你在他们两个中间朝着教堂走去，这是我脑海里留下的最清晰的记忆之一。

要同时照顾你和你哥哥，我很快就吃不消了。只要不和你在一起，我就特别痛苦。教课，访友，散步的时候，我都在想你。我当时觉得，只要能和你们在一起，我就可以一直感受到世界上美好的事物，但是你们长大了以后，这些美好就会不复存在了。每当我和埃里克倾诉这些想法时，他总说我过得太苦了。

如果回到家后晚饭还没有做好，埃里克也不生气，他换上睡裤，一手抱着你，有时候切几片波伦塔，有时候用黄油煎几个鸡蛋。饭做好了以后他就站着吃饭，去不去餐桌旁坐下吃他都觉得无所谓。

渐渐地，你越长大他就越爱你。他抱着你简直犹如抱着一座奖杯一样骄傲。他把你放在肩头，如果你不在他耳边尖叫的话，他会点上一根香烟，像常胜将军一样朝广场走去。他带米夏埃尔去钓鱼，或者去卡尔的酒馆。为了让米夏埃尔感觉自己已经是个大人，他还让米夏埃尔用啤酒杯喝牛奶。

晚上你和你哥哥坐在门口等他回家，一看到他的身影就跑过去抱在他身上，都等不及让他进屋。他身上臭哄哄的，都是牛羊的气味，你们从他的腿中间探出头来，让他知道你们一点儿也不介意。你们喜欢和他在外面跑来跑去。相比之下，你们肯定觉得我特别没劲儿。我喜欢把你们放在地毯上，静静地看着你们。

你们如果觉得困了，就会想和我待在一起，过不了一会儿就能睡着。你睡在他的肩头，米夏埃尔睡在他的行军床上。这个时候埃里克会点上香烟，一边抽着烟一边用低沉的声音和我说话。法西斯在他脑中挥之不去。

“他们会把我们送去非洲干活儿，或者送去他们那个荒谬帝国某处已经失守的领土上打仗。”他表示抗议，嘴里还含着一口烟，“现在他们已经夺去了我们的工作和语言，接下来，一旦我们陷入绝望和悲惨的境地，他们就要把我们送走，然后在这里建起那该死的水坝。”

我听着，不知道说些什么。我从来都不懂得如何安抚他。

“那不如我们现在就带着孩子们离开吧。”

“不行！”他喊。

“如果没有工作，如果我们不能讲德语，如果他们把村庄都摧毁了，你为什么还愿意留下？”

“因为我在这里出生，特里纳。我的父亲和母亲在这里出生，你在这里出生，我们的孩子们在这里出生。如果我们离开了，他们就赢了。”

# 第 九 章

1936年，埃里克的姐姐来库龙了。她和丈夫原来住在因斯布鲁克。她丈夫是一个又高又壮的男人，胡子很长。他们是城里人，比较有钱，我只在结婚那天见过他们一面。阿妮塔和洛伦茨比我们大很多。他们从本地银行家手中众多空下来的农庄中挑了一个买了下来。我们很快就熟悉起来，周日一起吃饭，就连工作日晚上也都待在一起。她喜欢下厨，经常给我们家送甜甜圈。

“给孩子们吃。”她总这样说。

阿妮塔和埃里克长得很像，不论是身材还是宽额头，都像是一个模子里刻出来的。她个头很小，性情温和，总是面带微笑。洛伦茨每次从奥地利——他是一名保险经纪人——回来的时候总给你们两个带礼物，你们看着那些玩具都不敢相信自己的眼睛，说了有大概一百遍“谢谢洛伦茨姑父”，然而他却从来没有抱过你们，或许因为他是一个威严的人，或许因为他害怕自己满脸的胡子扎着你们。埃里克和他们相处得很好。他经常傻笑着问他姐姐：“你们到底来库龙干嘛？”

“在城市里，我没办法整理自己的思绪。”阿妮塔盯着自己的手说。

我有点怕洛伦茨。他终日穿着棕色外套，就算在家里也系着领结。天气好的时候他会邀请我们去外边吃饭。我推辞说要做家务，他一再坚持，我就给你们穿好衣服，和他们一起出门了。他和埃里克讨论政治，说的都是一些让人很难跟上他们思路的话题。我只听懂了洛伦茨觉得德国本来是可以拯救世界的。我和阿妮塔跟在他们后面几步远的地方。她总和我谈论你们。她研究你们的性格，问我对你们的未来都有些什么规划。我每次都不知道如何作答。她总说你们的皮肤如何宛若瓷器般光滑。我也问过她："你们为什么来库龙？"她告诉我，自己已经跟着丈夫在欧洲大陆奔波多年，如今再也不想过那样的生活了。向我倾诉这些后，她的脸上总会浮现一层忧郁，好几分钟都不言不语。或者她也会说："整天跑来跑去地生活，让我连一个知心好友都没有。"接着做一个表示厌恶的鬼脸。至于她没有孩子这件事，我从来都没有勇气问她个中缘由。

米夏埃尔如小牛一般，一转眼就长大了。他十一岁的时候简直像是埃里克的一个影子。他不想上学，好几次本应该在教室读书，却逃去田里。如果我想教训他几句，洛伦茨就赶忙拦在中间，说米夏埃尔没有做错什么。

"意大利学校是藏污纳垢之地，那里教的只有如何拍领袖马屁，还不如学习如何耕地。"他高声嘟囔。

我咬着舌头克制自己，避免说出什么不好的话。晚上，我睡不着觉，想着米夏埃尔都不上学了。埃里克却觉得没什么大不了的，他让米夏埃尔跟着他，教他怎么种土豆，怎么种大麦和黑麦，怎么剪羊毛，怎么挤牛奶。或者换老爸管着他，老爸可是那种迫不及待地要把自己的手艺教给别人的人。

你却很愿意上学，意大利语说得很好。晚上你骑在埃里克身上，用手捂住他的眼睛，朗诵他让你翻译的小作文，你念的时候，埃里克就用骨节嶙峋的手把你扔到空中，整个房间充满了开心的笑闹声。有一次你在学校取得了很好的成绩，回家后一边在我面前挥动着笔记本，一边问我：“妈妈，我长大以后也想像你一样当老师，你高不高兴呀？”

还有一天，我找到了一张老照片，棕褐色的，被拙劣地贴在一张白纸上，那张纸看起来是日记本的内页。照片很模糊，我觉得是洛伦茨照的。照片上米夏埃尔激动地抱着我，而你抱着埃里克。

老爸对我说自己不想去店铺了，他每天早上骑自行车去雷西亚心脏受不了。于是我开始去店铺，因为我当时还是没有工作，也不再去工具房当秘密教师了。

我骑车去木匠店，做一些管理上的工作。我学会了给供货商写商业信函，给工人支付工资，清点总账簿。你回家找不到大人，就去阿妮塔姑母家。阿妮塔对你也总是温柔相待，脸上一直笑盈盈的。我去接你的时候，你就跟我讲自己都吃了哪些我们家里吃不起的东西，有巧克力，还有帕尔玛火腿。我们家里的经济条件越来越不宽裕，有几个晚上饭桌上都没有多少东西。刚结婚的时候，我们家指望着我做老师能赚一些钱，还以为就算有法西斯，我迟早还是会找到一份教职的。

1938年，牛羊都生病了，我们为了控制传染扑杀了一半。如今家里几乎都没有羊了。

洛伦茨想接济我们，但是我们自尊心太强了，都不愿意接受。埃里克开始想着去梅拉诺找工作。博尔扎诺和梅拉诺完全变成了领袖想要的样子：工业区和城市边缘不断扩张，蓝旗亚、华宝钢厂和镁厂都迁址了，意大利人成群结队地赶来。

“你要去哪儿啊，墨索里尼不会让蒂罗尔人找到工作的，”洛伦茨总说，“你去那里也没用。”

“工作是有的，他们不会不让我们工作的。”

“他们会的。”他捋着胡子，叹了一口气。

埃里克听罢一拳砸在了墙上，说法西斯这简直就是想把他剥皮削骨。

“希特勒已经吞并了奥地利。再过一段时间他就会来解放我们的。”洛伦茨安慰他说。

# 第十章

法西斯好像一直都存在着。市政厅里坐着的始终是中央任命的市长及其党羽，墙上挂着的始终是领袖像，宪兵也始终都对我们的私事指手画脚，还强迫我们去广场听通知。我们已经习惯了不做自己。虽然我们全都怒火中烧，但因为日子过得飞快，怒火转眼就转化成了一片虚弱和瘫软。我们的怒火变成了忧郁，而忧郁永远都不会爆发。大家对阿道夫·希特勒的期望，来源就是那场真正的暴动。那场暴动的事迹在酒馆的桌椅间流传，在阅读德语报纸、秘密会面的人们口中流传；然而当他们独自一人待在棚舍挤奶，或者去喷泉边饮牛的时候，那场暴动的事迹就俨然消散不见了。

我们就这样呆滞地在压抑中打盹，直到1939年夏天，希特勒的德军宣布，如果南蒂罗尔人愿意的话，可以离开意大利去德意志帝国生活。他们称之为“伟大的选择”。

村子里的人们立刻庆贺起来。人们走在街上欢呼雀跃，什么都不懂的孩子们也跟着蹦蹦跳跳转着圈圈，年轻人们互相拥抱道别，男人们走过宪兵身旁时用德语辱骂他们。如今宪兵可不敢开口说话了，他们手里抓着警棍垂着头。这就是墨索里尼想要的联盟。

那天，埃里克在家抽着烟，没有和我说一句话。洛伦茨来敲门说准备去酒馆和大家一起庆祝庆祝，埃里克也没有陪他去。洛伦茨深夜里醉醺醺地又来了，他说自己回家之前想和埃里克说上几句话。埃里克已经睡下了。我听到有人敲门的时候还穿着睡衣，披着一床被子去开的门。他没有和我打招呼，径直走进了房间，坐到埃里克旁边靠在墙上说：“我迟早是要走的，因为我在任何地方都没有根。可是如果这个地方对你很重要，如果你属于这里的每一条街、每一座山，那你就不要害怕，留下来吧。”说着他抱住了埃里克的头。

直到年底，村子里都喧嚣不已。大家整天说要离开，想象着元首到底会派他们去什么地方，会分给他们什么东西来补偿他们留在这里的家当，德意志帝国的哪些农庄、哪些地区、多少头牛羊、多少土地将会属于他们。这些人对法西斯绝望到会相信那些狗屁。少数决定留下来的人，比如我们，还会遭受他们的侮辱。他们叫我们间谍、叛徒。突然之间，那些我从小就认识的人再也不愿意理我了，从我身边走过的时候还会朝我脚边吐口水。和我一起去河边洗衣服的女人们分成了两派，“离派”和“留派”，两个派别连洗衣服也不在一个地方了。谈论战争可以让灵魂躁动起来：我们这些被抛弃的和被压迫的群体，几年之后，也可以成为世界的主人。

我问马娅：“你要走吗？”

“我是想离开库龙，但不想就这样走。”

“我都不知道自己应该干什么了。”我对她坦白。

“芭芭拉一家要走，”她扭过头去，没有看我，“他们想去德国。”

听到芭芭拉的名字，我有一种特别奇怪的感觉。当年我们还是好朋友，一起去湖边学意大利语，一起在草地上嬉笑。距离那个时期我觉得有一个世纪之久。我已经不习惯听到她的名字了。这是我藏在心底的痛苦，没有和任何人说过。连和我自己也没有。

广场从这头到那头都摆满了小桌子。纳粹在钟楼旁，意大利人在制鞋店旁。只要有人走过，他们就争先恐后地分发小册子。纳粹说，要小心了，意大利人会把我们送去西西里或者非洲，我们将来会像苍蝇一样死去。意大利人也如此恐吓：“德国人会把你们送去加利西亚、苏台德区或者更东边的地方，你们会在冰天雪地中战斗而亡。”

有人向我们的窗户扔石子，搞得我们白天也得把窗户关严。我对那些日子的记忆就是昏暗的家和黑暗中我的呼吸声。

一天早上，几个小孩抓住米夏埃尔揍了他一顿，因为他是“留派”的儿子。我发现他的时候他躺在菜园子里，嘴里的血都已经凝固了，衣服和头发上抹满了屎。第二天我就不让你去学校了。我骑自行车载着你去店铺，一刻都不敢让你离开我的视线。

“我自己教你。”我安慰你说。

你不高兴，说我掌控欲太强，说班里没有人会打你，因为你知道如何获得他们的尊重。在店铺里你不停地问我：“为什么我们不走呢？”

“因为这是你父亲的决定。”

“妈妈，我想离开这个地方。在这里我不自由，连上学的自由都没有。”

# 第 十 一 章

有人在年底已经收拾好了去德国的行李。他们把凹凸不平的床垫卷起来放到马车上，把家具拆卸开来，在麻布袋里塞满碗碟和摆设。晚上，男人们把女人们认真叠好的一包包衣服从家里搬出来，女人们锁门前把剩下的所有食材都拿来做最后一顿很扛饿的晚餐。肉、土豆和猪油香煎波伦塔的香味飘在空中。窗玻璃后面，一家人在桌子旁、煤油灯光下一言不发地做饭，一言不发地咀嚼吞咽。我们在自家门口或者路过他们菜园子的时候观察他们，深知这些肉对于他们来说简直是如“鸩”在喉。他们总对别人说自己很满意，说自己相信希特勒会让他们变得富裕，给他们分农庄、分土地、分牛羊，不断自我安慰说领袖很快就要在库龙建水坝了，到时候无论如何都是要走的。然而，看看他们抿起的嘴和捏紧的拳头就明白了，这样离开是一件多么残酷的事情。这对女人们很残酷，对孩子们也很残酷，对老人们更残酷。他们给老人让出马车里最好的位置，让他们试着睡觉。马车出发去博尔扎诺火车站或者因斯布鲁克火车站，那里有元首的火车等待着他们，库龙的路上回荡着丧钟敲响后的死寂。

村里的酒鬼格哈德，每天晚上都绕着库龙的一百多个农庄转悠——看看谁又离开了。他每发现一个空荡荡的农庄就去敲门，敲到关节流血，或者敲到躺倒睡着。第二天一早，卡尔叫醒他，把烂醉如泥的他拖到自己的酒馆，给他端上一杯咖啡醒酒。

一天下午，马娅对我说："骑上自行车，我想去和芭芭拉的姐姐告别。"

亚历山德拉看到我和马娅一起出现在门口时，翻了一个白眼。她让我们进来，分别给我们切了一片面包。面包是直接递给我们的，没有给盘子也没有给餐巾，好像对待自己的家人一样。我们静静地吃着面包，可以感受到孜然粒儿在牙齿间被咬碎的声音。我们和她的母亲打了个招呼，她没有理我们。我抚摸着桌下呜呜叫的狗。

"你要走了吗？"马娅问她。

"对，但是还不知道去哪里。"

"你有芭芭拉的消息吗？"我低着头问。

"她乞求领袖开恩了，很快就要被放出来。她会直接去德国，不路过这里了。"

"你有纸和笔吗？"

"你问这个干什么？"她没好气地反问我。

"我想给她留一张字条。"

亚历山德拉不信任地盯着我，然后开始在一个抽屉里面翻找。她拿出了一叠纸，仔细撕下来一页。我站着，手肘撑着桌子，写字的时候能感觉她们的目光落在我身上，但是我毫不在乎。

“你见她的时候把这个给她。”我把纸折了两折，对亚历山德拉说。

她让我把纸放在桌子上。

“一定要交给她，”我把纸条放在她手中，重复道，“这很重要。”

我们面面相觑，没有人说一句话，很快大家就受不了这种安静了。我和马娅赶忙吞下最后一小块面包，离开了。

我和老爸讲这件事的时候，他对我说：“孩子，我们留下来是对的。虽然我们可以吃的东西很少，但是会好起来的。我们住的房子是自己的，没有任何理由丢下房子。”

“老爸，你确定吗？他们放火烧了一户不愿意离开的人家，他们揍了米夏埃尔，他们就等着我把马里卡送去上学然后也这么打她一顿。很多人都不愿意和埃里克说一个字。”

“我知道，特里纳，但这是暂时的。法西斯会过去的，这些人会离开的，到时候我们就可以过上自己的生活。”

和老爸聊天让我很安心。我想让他和埃里克谈谈，让他不要总把自己一个人关在房间里，简直像被流放了。那天我回到农庄的时候，看到他在家里紧张地走来走去，每一步都踩得很用力。

“工程师和建筑工人又回到了村子外面，”他没看我一眼就开始说，“整个晚上都不断地有人和卡车来。他们量了库龙的长和宽，取了土地样本，测了湖的周长。很快他们就要开始建水坝了。我不知道是不是村里已经有人注意到，或许因为大家都决定要走了，现在根本没人在乎这事儿。”

# 第 十 二 章

那晚我比往常晚一些回家。天色黑漆漆的，路两旁的积雪反射出皎洁的月光。木匠店里有人定制了餐馆的桌椅，工人们为此已经辛辛苦苦忙了好几个月。餐馆主人和他的几个儿子已经来过，把晚上赶工完成的家具都搬走了。骑上自行车我觉得很冷，我既没戴围巾也没围披肩，因为那天早上出门的时候太阳还很大。我去了一趟老爸那里，想告诉他一切顺利。我看到他在椅子上打盹儿，呼噜声震天响。我摇了摇他的肩。他露出一口因为年老而缺失的牙，微笑着对我说米夏埃尔来过了，他们还一起玩牌来着。我着急回家，但是老爸不断询问我事情办得怎么样，有没有取款，客人有没有来拿家具，泰奥和古斯塔夫干活儿怎么样之类的杂事。老妈给我端来了面疙瘩，我自己也觉得有点着凉，就留下来吃晚饭。反正埃里克一只脚踏进家门逮着什么就吃什么，晚饭大家也经常不在一起吃。

“小女孩在你大姑子那里？”老妈一边发问一边手里还在忙着织衣服。圣诞节快到了，她每年这个时候都会给你们织新毛衣。

“今天在。”

“那你就慢慢吃。”

确实晚了，但也不是特别晚。或许是八点半，也可能已经九点了。

外面繁星点点，明天早上也会是好天气，而我也肯定会如往常那样心不在焉，又一次不围披肩就出门，回家的时候肯定又要冷得发抖。老妈把她的借给了我，她关门前把披肩盖在我身上，匆匆对我道了声晚安。

我骑车到了阿妮塔家。她家里还亮着灯。

“米夏埃尔和埃里克在一起，马里卡在这里睡着了，”她打着呵欠说，“我们试着叫醒她，但是她一点也不理会。”

她没有让我进门。所有对话都发生在门口，在一闪一闪的点点繁星下面。

“她吃饭了吗？”我问。

“吃了，牛奶拌波伦塔，她吃了好多。”她朝我微微一笑。她的微笑总是那样平静，我从来都做不到。我很高兴你吃了牛奶拌波伦塔，因为我觉得这证明你并不嫌弃我们家也有的食物。

远处，我们看到有人来来回回往马车上装载东西。又一个农庄要空了。

回到家，埃里克和米夏埃尔已经睡觉了。我爬到床上，想着我可能做错了——第二天我们本来可以一起吃早饭，还可以不慌不忙地一同起床。每个周日，埃里克都给大家煮热牛奶，这是一周里最美妙的时刻之一了。米夏埃尔总是特别搞笑，嘴里塞满了东西还在讲话，你从他的碗里蘸波伦塔，玩得特别开心。

“马里卡还在那边吗？”他问我。

“对，阿妮塔说没能把她叫醒，她太困了。”

他转过身去，不一会儿就又开始打呼噜了。不知道是因为去了一趟他们那里，还是因为一直害怕"离派"的人会把我们的棚舍烧掉，把牛羊杀死，我一直睁着眼睛无法入眠。我感觉到整个村子缓缓醒过来，我听到钟声敲响的第一下。我看见太阳从山顶升起。我在床上翻来覆去，想着今天我煮好牛奶后，要琢磨出一个法子去把你叫醒。如果我要等你自己回来，那肯定就拖到午饭时间了。你和他们在一起很好，他们拥你入怀，给你数不清的礼物。都是那些我们给不了你的东西。

阳光照进来，埃里克醒了以后开始和我低声聊天。外面积雪很厚。我问他："你去叫马里卡吗？"他说让你再睡一会儿。他后来做了早饭，我们三个一起吃的。或许我俩故意拖延了一些时间，因为我们很少和米夏埃尔单独待在一起，他用自己的方式吸引我们的注意力，尽情享受着这一刻的关注。9点了，我穿上衣服，套上了那件你喜欢的裙子，尽量整理好头发出门了。他们两个还坐在餐桌旁，吃着第二份波伦塔。

站在门口，我一下子就明白了。门是虚掩的，窗户紧闭着，没有被撬过的痕迹。地上有一个翻过来的帽子，里面有几朵雪花。我看见所有的黑暗和空虚停滞在我面前的这栋房子里，我没有勇气进去。我跑回去找到埃里克，把他拖过来看。米夏埃尔也来了，在空荡荡的房间里嘶喊你的名字。我握紧拳头，想用力挤出眼泪，却欲哭无泪。我开始用拳头砸墙，想要故意弄伤自己。我抓得指甲都要裂开了，直到最后埃里克把我拉开。

人们从别的农庄赶过来。我嘶喊着米夏埃尔的名字，让他待在我身边，害怕他们把他也带走。他们让我躺在床上，脱下我沾满泥浆的鞋。外面白色的光线经过雪的反射，射进了房间，十分刺眼，我只好用手捂住了脸。老妈来了，坐在床边，好像一个垂死之人。埃里克不停地说，一定要保持冷静。

黄昏降临。很快又到了深夜。那些说你们只是去附近转转的人瞠目结舌，那些说你们会回来的人也哑口无言。十几个人都出去找你了。埃里克骑着自行车到了马莱斯，去了一趟法西斯之家报案，回来的时候已经是第二天了。他脸色惨白，像鬼一样，有一种以一己之力对抗全世界的绝望。

我呆坐着，盯着空气。我的喉咙像火烧一样，强忍着咳嗽。这句话飘进了我的耳朵："档案上说他们已经选择去德意志帝国。他们坐的火车已经离开了。"我紧闭双眼，心里十分抗拒听到这句话。

# 第二部分　逃离

# 第 一 章

我不会告诉你，你走了以后都发生了什么。我不会告诉你，关于那些寻找你的年月，坐在门口盯着街道的日子，一个字都不会。我不会告诉你，那天你的父亲连招呼都没有打就出门了。他在博尔扎诺火车站一辆开往柏林的货车里找你，被人拦住了。意大利警察先把他关进了牢房，后来向他承诺说他们一定会把你带回来的，他的马里卡。过了几天，他企图徒步穿越国境线。警察们手中手电筒的光都要把他照瞎了，他都一步不停，一枚子弹擦着他打了过去。下午，几个军人来敲门，他们裹着鼠灰色大衣，胸前绣着硕大的标志，把他一把推进农庄，还威胁说要把他关进佩尔吉内疯人院，就是那间后来被希特勒腾空，把里面的病人送去集中营用毒气杀死的疯人院。我不会告诉你，米夏埃尔拿着一张你的照片四处奔走——那张照片是一年前照的，没有边框，照片里的你扎着头发，你后来已经不留这个发型了——他还带着一群小孩子，在附近的村子里一圈一圈地转，把照片给所有人看。我不会告诉你，那几个月，村里每一个人都突然逃跑了，谁都不通知，因为他们看着空空的家，想着草木早晚有一天会把一切都吞噬。我们迷失在为了把你找回来而作出的愚蠢的努力中，一心想让你回到这个你不想待下去的地方。

一天早上，邮递员跑来交给我一封信。信封上只有我的名字。没有贴邮票，也没有盖章。字体我认识，是你的。

“有人把它放在了邮局门口。”他看也没看我一眼就说。

“谁？”我用手撕开了信封，问他。

“我不知道。”

我试着不让自己的手颤抖。不知为什么我想起了老妈，想起她以前用熨斗把我的信拆开，检查给我写信的人是男是女。

亲爱的妈妈，我一个人在房间里给你写信。是我自己想和姑父、姑母离开的。我们知道你肯定不会同意的，因此我们只能悄悄地离开了。在城市里，我可以继续学习，可以变成更好的人。不要为我而伤心，因为我很好，因为我有一天会回到库龙的。如果战争还要继续打很久，你不要担心我，我在这里很安全。将来有一天我敲你们的门时，我希望你、爸爸和米夏埃尔依然爱我。在姑父、姑母家里我什么都不缺。希望你们能够原谅他们。希望你们也能够原谅我。

马里卡

从那天以后，我们的痛苦改变了。米夏埃尔撕毁了你的照片，嘱咐我们不要再和他说起你了。连你的名字都不要提。埃里克不再跑前跑后，不再想着出国，也不再想着找你了。他终日坐在窗前抽烟，都不去棚舍给牛羊喂草。除了早上打开棚舍门，晚上关上棚舍门这两个动作之外，他什么也不做。我躺在床上，合起百叶窗，锁上门。我觉得眼泪都已经流光了。我把信放在身上，一遍又一遍地读。我一直心神不宁地回想起那晚，质问自己怎么能没有听见你的声音，怎么能没有听见那两个混蛋的脚步，怎么能没有听见马车上装载货物的嘈杂声，怎么能没有听见马等待出发时喷出的鼻息，或是汽车发动起来的轰鸣声。这到底怎么可能啊，为什么整个库龙一丁点声音都没有听到。你当时还醒着吗，还是他们趁你睡着把你带走的？是你自己想走的，还是他们逼你走的？信是你自己写的，还是他们强迫你写的？

一天，老爸来敲门，让我出去给他买一把烟草。他坐在埃里克身边，没有说话。他们就这样一动不动地待在窗前，盯着天上的云。接着老爸把他架起来，带他去棚舍给牛羊喂草，让他一头一头地抚摸牛羊。离开之前老爸来到我跟前，嘱咐我做好晚饭端上桌子。他把一篮子肉、一块面包和葡萄酒放在水池旁。

痛苦使人晕眩，成为了一种令人感到熟悉却又不可提及的秘密。当我们所有人都已经忘了信里写的是什么的时候，还继续找了你很多年，但是如今我们已经意识到，这种一厢情愿找你的努力，只是为了抓住一丝虚无缥缈的希望，就连我们自己都知道不复存在的希望。

不，你不该知晓那段黑暗的日子。你不该知道我们到底喊了多少次你的名字。多少次我们幻想着自己走在正确的道路上。这是一段不该再被流传的故事。我还是给你讲讲我们的生活吧，讲我们是如何幸存下来的。讲讲在库龙发生的事，这个如今已经不复存在的村子。

# 第二章

战争爆发后，很多决定去德国的人留了下来。对未知的恐惧、宣传的谎言和希特勒的怒火把他们困在了库龙。

一月份的日子里，日光短暂而朦胧。每一天都以悠长而灰蒙蒙的黎明开始。奥特拉峰被白雪覆盖，山腰上的树冠在凛冽的寒风中摆动。村子里的人看起来也不那么担忧了，而是充满了疲惫。他们对法西斯感到疲惫，也对在黑暗中探索感到疲惫。

我和老妈织着毛衣，你离开以后她从来都不让我一个人待着。她教我如何使用棒针。我们终日缄默，在安静中度过每一天。织毛衣的时候，我们紧紧地挨在一起，坐在厨房那把我忘记铺干草垫子的椅子上。她不愿意让我再谈起你。没有什么可以织的时候，她就把一个驮篮放在我头顶，带我去河边洗银行家的脏衣服。如果我失神地盯着空气，她就嘱咐我要更用力地揉搓和拧绞衣物，直到那些错误的思绪消失不见才行。

“上帝让我们的眼睛长在前面是有原因的！我们应该向前看，不然的话我们的眼睛就会像鱼一样长在两侧！”她总这样严肃地说。

她以为，你因为 9 岁的时候就开始在田里干活儿，每天晚上还要编织水果筐，于是自私地选了更有钱的人。

你是那场事故的同谋。

大家都觉得这场战争和1915年的那场是一样的，意大利人和奥地利人在喀斯特高原厮杀，但在库龙，我们依然可以割晒干草，把它们靠在墙上风干，然后放到牛的食槽里，装满一桶一桶的牛奶，牛奶就用来做黄油，我们依然可以宰猪，吃上好几天的香肠和萨拉米肠。穷人家的孩子们继续靠去国境线那边牧羊来换取一双鞋子、一把零钱和几件衣服。母亲们等着他们回来，扳着手指头数着距离圣玛尔定节还剩多少日子，那时候大家就都回家了，村里的庆祝活动会一直持续到深夜。我们等待着夏日把雪融化，等待着从阿尔卑斯吹来的风把雪带走，那安静而厚重的雪。我们为死去的人默哀。与奥地利人并肩作战，最后却成了意大利人，这是我们不得不咽下的苦果。我们能够接受这一切，是因为确信这会是最后一战，一场结束所有战争的战争。这样一来，一听说又有一场冲突，德国又要卷土重来准备侵略整个世界的时候，大家都十分吃惊，但还是幻想着群山依然能作为保护的屏障，幻想着这个我们理论上来讲有归属感的意大利一直到最后都可以保持中立。实际上，刚听到战争的消息，村里人竟然都松了一口气：“至少他们现在放弃了打水坝的主意。”“他们要操心的变成了别的事。”“我们的牛羊、农庄和田地就终于安全了。”酒馆里男人们这么说。教堂门口女人们也这么说。战争初始，库龙还有人庆贺。格哈德在村里四处转悠，高举起随身带的酒瓶喊道：“战争是他们的，和平是我们的！”

如今希特勒的军队势如破竹，选择留下来的人扬扬自得，觉得自己选择对了。他们想象着移民德国的少数人排着队在东部边境打仗，或者已然陷入了欧洲某处的泥浆里。

战争爆发之后，意大利人终于不来了。村里到处都是载着宪兵的小卡车，还有越来越多的军用卡车，它们横冲直撞，似乎预示着我们最害怕看到的事情就要发生了。不过还好，那群手里总是拎着行李的傲慢的家伙终于消失了。

第一个没有你的圣诞节，我们是和老妈老爸一起度过的，他们做了菠菜玉棋，还炖了鸡汤。我们默默地吃了一餐。从来没有遇到过这么安静的节日午餐。朋友和客人来家里庆贺，老爸都很快把他们打发走了。我们听到笛子的声音，吹笛者在山谷的各个村庄表演，吹奏的乐曲还是去年的那首，当时你和你哥哥还在路上与其他小孩一起和着它跳舞来着。老妈不是做饭就是织毛衣，从家里到河边来回跑，一刻都不停歇。我都不知道她到底哪儿来这么多的精力。突然，我觉得她不再衰老了。我们独处的时候，她会时不时抓起我的手握住。我从未像你逃走之后那么强烈地感觉到自己是一个女儿。

那个冬天也过去了。四月，阳光射出了水晶的光芒，扫烟囱的人去每一户人家修理坏掉了的排雨水管。现在我们已经不开火了，因为那会遭村里人嫉妒。其他人都是靠烧树枝和灌木取暖，我们用的是米夏埃尔从老爸店里搬来的木材。他学着干活，不去学校了。工人们都说他虽然才 15 岁，但对于他这个年龄来讲，已经是个厉害的木匠了。

冻硬的田地终于变绿了，但是牛羊奶的生意还是越来越难做。挤出来的奶在桶里一连放了好几天也卖不出去一升。埃里克气得踢了几脚牛奶桶。我目瞪口呆地看着白色的牛奶被泥土吸收，还有的洒到了牛蹄旁边。

我继续拆着羊毛线，把它们堆在地上，等那个双眼泪溢、弯腰曲背的老先生来收羊毛。他给我们的钱少得可怜，但足够我们取暖了。他用这些羊毛给士兵们制作制服和装备。

“意大利要是打起仗来，大家就都没有工作了。”他一边把羊毛装进三轮车一边说。

“那意大利什么时候打仗？”老妈忘乎所以地问，好像这是老人能决定的一样。

那人做了一个鬼脸，整张脸都扭曲了。他骑上三轮车离开了，留下一串霉臭味充斥着空气。

不管老人说了什么，很多路确实已经不能走了，到处都被检查站隔离起来了。一天一天过去，一个小时一个小时过去，就连我们都能感觉到，战争就要爆发了。晚上，山那边的飞机听起来像是一群马蜂，老妈说我们得跑去藏在棚舍里，她已经准备好了干草和被褥。

“炸弹可能会投错地方，把库龙也给炸了。而且这里离奥地利这么近！”她惊恐万状，一直念叨。

“你自己去棚舍吧，我想死在自己的床上，而不是在一堆牛粪里！”老爸对她喊道，他的声音越发沙哑了。

一天早上，我等老妈来找我，她却一直没来。午饭的时候我去了她的农庄。门开着，炉子旁没有一个人。我喊她的名字，她却没有出现，也没人回应我。我一直喊，更加卖力地喊。我失魂落魄地盯着挂在墙上的铜锅。终于我打定主意进屋看看，发现她在床上，蜷缩在老爸身边。老爸已经穿上了那件蓝色大衣，就是我结婚时他穿的那件。她已经给他刮了胡子，梳好了头发。她抓着他的肩轻轻地抽泣，控制不住哭泣的时候就把他的头捧起来，好像捧着一只鸟。

“他在睡梦中走的。”她说，没有看我一眼。

“你为什么不来叫我？”

“他半夜就死了。”

“你为什么不来叫我？”我又问了一遍。

后来她终于转过身来，拉起我的手放在老爸的手上，老爸的手还是温热的。她朝他那边挤了挤，我自己也躺在床的一角。我闻到了她衣服的气味，那是一股炉子里面的烟灰味。我听到她在抽泣，我时不时鼓足勇气，重新摸一下老爸越来越冰凉的手。

葬礼上，泰奥和古斯塔夫一起把棺材交给了埃里克和佩皮。米夏埃尔很自豪，因为这口棺材是他做的。他对我说：“外公睡在那里面肯定会做一个好人应得的梦。”

## 第 三 章

1940年春天的一个早上，市政厅的墙上贴满了纸条。也就是那些常见的意大利语句子，贴近眼睛读过的人都嗤之以鼻。有的人赶着装满干草的马车，有的人两手提着牛奶桶，他们停下脚步看上一眼，抱怨几句，扔上一块石头然后就离开了。库龙会识字的人不多，尤其没有人懂意大利语，因为这是仇恨的语言。

埃里克脚步敏捷地回到家，把我拉了出去。我走路很慢，因为阳光让我觉得晕眩。他却使劲拽我往前走，我眼看着就要摔倒。在市政厅的布告栏前，他让我念上面写着什么。我觉得念这些他不想听的句子简直是狼心狗肺，而他让我翻译这些句子也是狼心狗肺。上面写着纸条要在墙上贴八天，之后他们会撕下来。上面写着这份通知是有法律效力的，我们应该认真记下来。上面写着意大利政府已经通过了法令，同意建造水坝。

埃里克僵硬地听着，眼睛眯成了一条缝。我也僵住了，盯着他看，他盯着纸条看，那纸条上都是些看不懂的句子。

“库龙和雷西亚要消失了。”他吞下一口烟说道。

他陪我一起回到家，然后我看着他走向山谷，脸更加惨白，像鬼一样，透着以一己之力对抗全世界的绝望。晚上他回来了，跛着腿坐到椅子上，沾满泥浆的鞋都没脱。他喝了好多水，然后吃了波伦塔拌牛奶。我不知道如何打破这沉默，就手足无措地待着，等他开口。我又重新体会到那年在菜园子的桌子旁，我没能成功安慰他的无力感。

“大家都很有信心，说这个项目会变的。说这就是普通的通告。酒馆的卡尔老说战争在即，他们不可能开始修水坝。”

“说不定他说的有道理呢。”我回应他。

“都是一群畜生！”他吼着，“他们连一根手指头都懒得动，这些借口倒是张嘴就来！”

“你为什么这么说？”

“法西斯和蒙泰卡蒂尼公司知道我们快要打仗了，知道男人们都要被送去战场，而这里没有人听得懂意大利语，因为我们都只是农民！这是趁虚而入的最好时机了！”

通往梅拉诺的路上来了三辆卡车。铁皮车硕大的轮子扬起一阵阵尘土，一整天都在这里和雷西亚之间急匆匆地来回穿梭。那些陌生人用意大利语交谈，张开双臂，手指着远方，好像在指天上飞过的燕子一样。男人们站在田里，女人们待在门口，纷纷看着那些家伙用自己的语言摆龙门阵。有的人情绪很激动，觉得那帮人简直就像是在自己的抽屉里翻箱倒柜，因为这个村子如此之小又如此古老，对于他们来说就是自己的家一样。我们互相用目光给对方鼓励，然后打发几个小家伙跑去通知男人们。村民们吹口哨通知别的村民。下午三四点钟，菜园子里没有一个人在锄地了，棚舍都满了，关起来的牛羊一个挤着一个，用嘶哑的声音高声嚎叫。埃里克是最后一个到的。他双臂抱在胸前站在那里。一个年轻人试着用意大利语问那些人来这里做什么。与此同时，工人们继续用石灰在地上画着十字，石灰都粘到了泥浆上。他们和我们擦肩而过，努力不听我们的声音，因为他们觉得烦。村民们斜着眼盯着他们看。渐渐地，随着时间的流逝，村民们紧张起来了：他们揉捏着手，紧紧地握着拳头。我们的房子、教堂、道路，每一样都在那条界限之内，我们不确定那条线意味着什么。线之外就只有绵延的群山和随风摆动的落叶松了。

又过了一阵子，有一天晚上，从一辆黑色小汽车里下来两个穿西装打领带的人，一瘦一胖。他们邀请我们去酒馆，我们跟在后面，像羊群一样。他俩刚一坐下，我们就把他们围了起来。他们用德语给每个人点了一杯啤酒。我们都喝了。有人抿着喝，有人一口干了。

“是政府派我们来的，我们从罗马来，”他们继续用我们的语言说，“他们通过了一个原来的法令，同意建造水坝。”

“这将会是一个复合坝系统，会牵扯到山谷里的很多村子。”

他们的德语听起来不自然，却用词精确，一次只说几个单词。他用多毛的手背把酒沫抚去，呷了一口啤酒。我在埃里克的怀里，他一直让我不要走。

“你们要把水平面升高多少米？”一个村民问。

“现在还不知道。”

“水会淹没我们的房子吗？”另外一个问。

“我们会在附近建造新的房子。”那个瘦的回答。

“更大、更现代的房子，”那个胖的加了一句，他的胡子很少，感觉对自己说出的话都漫不经心，“现在你们大可不必那么如临大敌。这项工程要持续好几年呢，通常几十年。”他盯着酒杯，补充说。

很快，村民们讨论的声音充斥在空气中。那两个人微笑着，观察着我们那和他们的精细羊毛大衣格格不入的粗莽举止。他们等喧闹声消散后，又补充说：“失去田地的人可以得到补偿。”

有人喊道，自己的牛可吃不了补偿。其他人挥舞着拳头，咒骂着，说没有牛羊的话他们会饿死的。

“那如果我们不接受你们的补偿呢？”埃里克问。

一听到埃里克的声音，大家都安静了下来。那两人慢慢喝完啤酒，耸了耸肩，面无表情地盯着我们。此刻安静极了，一句错话就可以引起混乱。他们用多毛的手背擦干净自己嘴角的酒沫，终于站了起来，穿过人群。

他们出了酒馆，才有人鼓起勇气又问了一遍。干草和湿泥土味扑鼻而来。这样的氛围紧张得让人不由得吞下一口口水，看着钟楼，人们深深地呼气。远处可以看到女人们怀抱沉睡的孩子，她们的嘴紧贴着窗玻璃，玻璃上面都是呼出的雾气。

上车前，那个瘦的说：“你们如果不接受补偿，那就有麻烦了。”

“有一条法令叫作强制征收。”那个胖的关车门前声明说。

汽车离开了，空气里没有湿泥土或干草的气味了，却充满了一股汽油味。我们咳得满脸都是眼泪，直到车消失在拐弯的地方才感觉好一些。

我和埃里克沿着小路静静地走回家。夜空繁星点点，月亮好像圆盘挂在天上。蟋蟀唧唧的叫声此起彼伏。

“如果你想保持尊严就必须要杀掉一个人的日子，来了。”他说着，扔掉了一根火柴。

# 第四章

广场上，中央任命的市长朗读着墨索里尼宣布意大利进入战争的声明。我自然不会去听。我和老妈在家待着缠羊毛线。几个星期后，面包师的儿子——面包师一家和我们家、马娅家一样，是少数几个选择留下来的家庭——在邮箱里收到了招募入伍去前线的明信片。于是收到该死的意大利皇家卫队寄来的明信片立刻成为席卷整个村子的恐惧。女人们看到邮差骑着摩托经过或者宪兵的吉普车经过，就像待岗的哨兵一样从家里冲出来，用沾满了面粉的手用力拂一拂头发。其他人本能地合上百叶窗，跑到床上去。埃里克说，很快他们就要来把他也带走了。

这样一来，穿梭于山谷的装甲车开始让我觉得恐惧。我在门口看着士兵们，他们的脸在卡车里像沙丁鱼似的挤在一起，头盔下露出的方形下巴在阳光中发亮，双手坚定地放在背带机枪上。他们脸很黑，极短的头发和刮得很干净的胡子把他们衬托得更黑了。而我在想，他们之前还都只是些无名的年轻人，头发乱蓬蓬，胡子几天不刮，只晓得出去找女孩子玩，从来都没有把战争挂在心上过。

埃里克不说话，烟抽得像烟囱一样，缓缓地吞吐着烟气。比起去前线，他更怕把我们单独留下。

“如果我入伍了，你要照顾米夏埃尔，”入睡前，他又和我说了一遍，“不要想别的。”

那个别的，指的就是你。

时间慵懒地流逝，我们的心中始终充满着焦虑。所有人都感觉被一种无穷无尽的等待拴住了喉咙，这让我们精疲力竭，让我们终日都窝在家里。我想念老爸，想念他和蔼的微笑，想念他教我从另外一个角度看事物的能力。埃里克可不是这样的，他觉得世间万物都要靠肉搏战，那些面对命运之书上已经写好的失败却依然愿意竭尽全力拼搏的人才是勇敢的。

与此同时，米夏埃尔长成了大男人，声音低沉，肩膀宽阔。我们之间萌生出一种奇异的不信任感。他刚干完活儿就回家换衣服，然后马上就和一群我从来没有见过的男孩子一起出去，他们都不是库龙人。埃里克告诉我，他们都是纳粹，一有机会就要马上入伍，那是一群比普通士兵更加残忍、更加鲁莽的痞子。

“纳粹怎么你了？难道你更喜欢领袖的黑衫军？”我问他。

他摇摇头，手掌紧紧地压住太阳穴：“他们无恶不作，特里纳。”

米夏埃尔准备出去的时候我问他：“至少告诉我你要去哪儿吧。”

“外面。”米夏埃尔总这样回答我。他看着我的眼神让我失去了继续发问的勇气。

1940 年秋天，传到村里的各种小报都在讨论意德打的胜仗，但是要彻底打败同盟国还有很长的一段路要走。法西斯官员来发放明信片，上面写着被招募入伍的人的姓名，如果他们只见到村里的女人们，就强调说，如果找不到人的话是要当作叛逃者枪决的。身边随处可见的军人不再有孩子的脸庞，也不再有方形的下巴，只有沉重的手和阴郁的眼神，让人没有胆量抬眼看他们。战争已经改变了他们。

他们在十月的一天来到农庄。那天天气晴朗，远处飞机的轰鸣声像是暴风雨的前兆。一共来了两个人，他们向我问话的时候还竖着耳朵，想听听房间里有没有什么声音。

“我们找埃里克·豪瑟。”

“他不在。”我回答。

“他必须去马莱斯指挥中心报到。”

埃里克出发的前一晚和我做爱。但他做爱的时候充满了怒气，丝毫不知停歇。做完后他也不睡觉，而是在黑暗的房间里抽着烟。

“你要注意米夏埃尔。”他一直嘱咐我。

他被派去了卡多雷，从那里又转去了阿尔巴尼亚和希腊，就是那个法西斯的蠢蛋们在没有德国人支援的情况下连一块手帕大小的土地都征服不了的地方。他们老说那里是一个易攻的前线，但成千上万的人却死在了战场。很多人回来的时候都残疾了。

有时候我会收到埃里克写的信。审查的人时常划掉所有的字，一页信纸只留最后一行可以看见：“替我拥抱米夏埃尔。你的埃里克·豪瑟。”

我让老妈来陪我。老妈帮我给埃里克的靴子里放了几个鞋垫，早上又把一条展开来和我一样高的围巾围在我脖子上。我把牛和仅剩的几头羊从棚舍里赶出来放牧。山谷下面的草地还绿着，在这里，战争好像不是真实的，他们把埃里克招募入伍好像也不是真实的。放牧的时候我遇到了留在家里的其他老人们赶的牛羊。像老妈一样的老人，他们必须重新振作精神，因为儿子都在前线，没有其他的男人可以照顾女人和孙辈了。

我坐在岩石上吃面包和奶酪的时候，感觉自己变成了埃里克，心里想着他想着的事。有时候我就这样盯着天空，觉得自己一直以来都是一个农民。我转过头看着在高处的小小村子，和埃里克感同身受：这是我的土地，没有人可以赶我走，我不可能无动于衷地看着它被夺走。我觉得法西斯都是混蛋，因为他们想把我们淹死，抢走了我们的工作，把我们拖入战争，或许还强暴了芭芭拉。纳粹也都是混蛋，因为他们让我们反目成仇，只算计着把我们的男人变成炮灰。

天暗下来了，我和灰灰一起赶牛羊上山。如今灰灰的皮肤松弛，跑起来也不再像一阵风了。我停下脚步，看着远处的工人在村外的河边准备施工场地。战争没有让他们停止工程，不仅如此，现在他们晚上也都在施工。地面上竖起了巨型路灯，远远地都可以看到灯光四射，地上仿佛燃起了团团火苗。工人一共有几百个，都住在蒙泰卡蒂尼公司搭建的简易棚舍里。他们和我们没有任何交流，像鼹鼠一样躲在工地里。他们终日都在卸货，不是管子、一包包的水泥就是铁锹，卡车、推土机和履带式车辆像怪兽一样转来转去从不停歇。山谷中回响的，不再是牛羊铃铛的叮叮当当和草叶的簌簌声了。卡车和履带拖拉机发出的噪声扼杀了以往的宁静。

库龙没有人再继续谈论水坝了。骑自行车去河边要半个小时，没有人专门骑这么远一趟。工人们对于大家来说是不存在的。老人们一直都说，那里不可能有人。

“正是那些不敢发声的人放任了恶行的发展。”这句话埃里克不知道跟我说了多少次。

埃里克离开以后，我就开始不修边幅：自己身上闻起来也开始有棚舍和汗水的气味，手上长满了茧子，作风变得更加强硬。我不再照镜子了，身上穿的也总是同一件脱了线的毛衣。我出门用围巾盖住鼻子，头发就用一根木棍盘起来。

每周六，女人们带着丈夫们寄来的信敲门，我就坐在桌子旁念信。其实也不是什么难事，因为审查部门几乎已经把整封信都划掉了。但她们很执拗，给我展开信，背光拿着，说还可以看到字的痕迹。为了脱身，我就编造信的内容。我说她们的男人过得很好，每天都能吃上饭，在战场上也没有那么累。或者说，他们不知道自己现在身处何处，但是能吃上像样的口粮，而且很快就要回来了。我用几句委婉示爱的话结尾，这样妻子们就能振作精神回家了。一个叫克劳迪娅的女人满眼的惊喜，高呼着：“前线让我觉得更浪漫了。”然后就茫然地走了。女人们为了感谢我，给我留下一些零钱，我收下这些钱，交给老妈。我对无偿提供帮助不感兴趣。

人都走光后，我打开窗，让污浊的空气飘散出去，我躺在椅子上，看着房间。如果我想写点什么，已经不会再给你写信了。给你父亲写信让我觉得自己已经可以把关于你的记忆从脑海中擦去。

# 第 五 章

佩皮成功逃避了兵役。收到明信片以后，他除了甘草什么都不吃。体检的时候他的尿液是绿色的，还发着 40 度的高烧，再严重一点就要中毒而死了。佩皮最后去了桑治奥那边做瓦工，在一家给各个总部制造预制组件的小公司工作。一个雨天，他乘坐邮车来看望我们，身边还跟着一个小个子女生，眼睛是天蓝色的。她很优雅，名字叫作伊雷妮，和老妈的名字一样。他很快就说他们要结婚，可我早就不再相信他了。我觉得佩皮只想相忘于江湖。

出席婚礼的刚好有十个人。那天，老妈让我好好打扮一下自己，还把她当年结婚时戴的那条珍珠项链借给了我。在餐馆里，我挨着老妈坐，因为伊雷妮家人说一种奇怪的方言，虽然我自己能听懂的部分很有限，我还是尽最大的努力给她翻译他们说的话。我把盘子里的食物都吃光了，只是为了填满肚子。我觉得自己简直是个野人，总希望一个人待着没有人打扰。我惦记着棚舍，等不及要走。大厅里的天竺葵让我愁绪万千，因为我想起了自己的朋友们：我脑海中出现了马娅的脸和芭芭拉的吻。我还想起了埃里克，结婚那天他的脖子上紧紧地系了一个领结，我迫不及待地想要解开。我也想起了你，我结婚的时候，你只是一个我不知晓自己拥有的愿望。

午饭进入尾声，我的弟弟佩皮说能和伊雷妮结婚他觉得很满足，如果没有她，谁知道自己会过着什么样悲惨的生活。不知道怎么回事，尽管时光飞逝，我和佩皮却从来都没有姐弟的样子。我们都希望对方好，但只是一种抽象的好。佩皮对我说，他时常会想起我们聚在一起的周日时光，每次老妈对他的笑话毫无反应，他都不甘心地伸手在她宽阔的腰背上挠她痒痒。他说在桑治奥生活挺好的，不是很想念库龙。“我喜欢当瓦工，老爸会为我感到高兴的。”他说。

“他一直都觉得你很棒，你是他的小甜心。”

“你还记得他脾气有多坏吗？”

“他就是刀子嘴豆腐心！”我抗议。

“对你刀子嘴豆腐心，对我他真的很严格，才不是刀子嘴豆腐心！”他大喊道，独自笑了起来。

第二天我陪他去墓地献花。路上，他向我保证说，埃里克很快就会完好无损地回来，因为有了希特勒，我们都是安全的，连意大利士兵也是安全的。

“我用甘草给自己下毒，那是因为我很懦弱。但我是相信希特勒的。”他看着老爸的墓碑说。

“如果你当时入伍了，肯定会和1939年去德意志帝国的那群人一样，被派去西里西亚或是谁知道什么别的地方。”

“我坚信战争的结果将对我们有利。”不管我说什么他都这样说。

“他可是一点信心都没有。”我指着老爸的墓说。

佩皮、伊雷妮和她的家人坐上邮车走的时候，我回到棚舍挤奶，但是我的手疼得厉害。老妈过来帮我，说如果我再这样的话，牛就会因为得乳腺炎而疼得倒在地上，牛因为病痛的哞哞叫声还会在深夜把我们吵醒。我就开始疯狂地挤捏牛的乳房，直到感受不到手掌的疼痛。老妈拍拍我的肩膀数落我："加油孩子，不要想太多。"她觉得人生最大的敌人就是想太多。

周三，马娅来找我。我那时刚从山上下来，奥特拉峰上还没出现日光的阴影。我擦去汗，换上了一身干净衣服。老妈每次看到马娅来找我都很高兴。她做好奶油，挖了一勺放在牛奶上。

"把它吃完，不然的话明天会变硬，硬到用刀才能切得开。"她嘱咐我。

我和马娅骑着自行车去河边。监视工地这项活动让我感觉自己就在埃里克身边。工地上，履带式车辆拆毁了一切，推倒了松杉林，还挖出来一条巨型河床。卡车在瓦莱伦加开来开去，装着砂石场的泥土和石块，把它们堆放在河床上。现在水坝已然有了雏形。他们在圣瓦伦蒂诺建了一个巨大的水泥屏障作为水箱，给格洛伦扎和卡斯泰尔贝洛中心提供饮用水。我和马娅面面相觑。我们观察着劳动的工人，他们和蜜蜂一样忙碌，标记土地，操作推土机，扬起一阵阵灰尘。我们试图问几个问题，守卫的宪兵却只是扬起眉毛，不说一句话。有个周日，我们一整天都待在外面，不知不觉就到了格洛伦扎。就连那里也到处都是工地、机器以及几百个机械地做着同样动作的工人。整个山谷好像都被劫持了。在我们的沉默中，在我们的眼皮下。

回去的时候，我对马娅说，那些工人肯定也是可怜人，谁知道为了从威尼托、阿布鲁佐或是卡拉布里亚远道而来，多少人差一点儿就饿死了，能够建造水坝对于他们来说是多大的幸运啊。几个月、甚至几年的工作都有了保障，还可以不用去前线。马娅听了以后心事重重，紧紧抿起了薄薄的嘴唇。

“都不知道要怪谁才好。”她叹着气说。

我们一直去工地“视察”，直到冬天的路面骑不了自行车。每次上坡，我们两个人的车轮都要打滑，摔倒在地上走都走不动。我们朝对方扔雪球，笑着把雪塞进对方的衣服里。每扔一个雪球就喊一句“去他妈的战争！”“去他妈的法西斯！”“去他妈的水坝！”我们一边走一边竭尽全力喊着，直到手臂酸疼，手指冻僵。

我这个人很懒，马娅却在冬天还是想出去，她喜欢走在结冰的湖面上。老妈连思考的时间都不留给我，就把我像棚舍里面的老鼠一般给赶了出来。

“你们出去吧，我要收拾屋子，你们待在这里特别碍事。”她说。

为了让她高兴，我只好出去，但只要一到外面，我就立刻央求马娅带我去她的农庄，结冰的湖我连看都不愿意看一眼。对我来说，只要晚上能梦到和你一起在湖面上散步就够了。那个梦太美好了，然而我害怕自己再一次做那个梦。在梦里，我和你手牵着手，突然踩到了一条裂缝，我们都掉了下去，但是没有死。我们被温热的水包围着，轻盈地游了起来。我们重新成了对方的全世界。

在马娅家，我们坐在滋滋作响的火炉前，她把几根树枝扔进火苗里。渐渐地，我终于可以重新感觉手指的血液开始循环了。她拿着火钳拨动火苗的时候，一阵火光在墙壁上映出了形状，照亮了她那满头毛躁的头发。和马娅我可以谈及你。我给她讲你是什么样子，你的性格如何坚强，你十岁就可以妙语连珠。

“现在即便我们在街上遇到，我肯定也认不出来她了，她肯定已经长大成人，也肯定已经忘记自己童年的事了。”我对她说道，心中怀着一种异样的尴尬。

马娅听着我说，自己不说一句话，只是往后仰着头叹气。当我终于忍受不了她的这种沉默，就把你的信放在她手里。她让我干脆把那该死的信扔了一了百了。如果我求她责备我的过错，她就回答说，生命就是偶然的集合，谈论过错是没有意义的。然后她会突然站起来，用双手揉一揉我的脸，让我帮她捏马铃薯丸子或者做蜜饯。

可是有一天，我正在和她讲着什么，她突然打断了我，说自己受够了我的哭诉。

“对付痛苦，就要坚持到底，比你现在还要更坚持！”她喊道，“你必须要到破罐子破摔的程度才能重新找回心灵的平静！你难道不知道生孩子就意味着为最糟糕的痛苦做准备？难道还需要我来给你解释孩子和我们自己是相互独立的吗？至少你有过孩子，而我呢，多少年都已经过去了，我老了以后只能做一个只会盯着炉火的痴呆！”

我看她生气地哭，想逃回家去。但是我刚一站起来，她就挡在门口，低着头说：“对不起特里纳，我不想这样的。但是你最好不要再和我提起你女儿了，我没有办法安慰你。”

# 第 六 章

1942 年初，我开始收不到信了。好几个晚上我都梦见埃里克和你一起回来了。你们手牵着手从通往瑞士的路上走来。

我好像一直都在过这样的生活。照看牛羊，给菜园子锄地，拆羊毛线，剩下的事情就都交给米夏埃尔了。他负责给家里挣钱，喜欢高声说话。其实他也是一个可怜的好心人，从早到晚都把自己关在店铺里埋头干活儿，木屑都吸进了肺里。我在他的钱包里发现了元首的照片。

丈夫或儿子在前线的女人们一个月见一次面。为了让老妈高兴，我套上外套也一起去，拖沓着脚步，活像一只熊。在这个或那个人家里，大家做的无非就是祈祷，或者我必须得一遍又一遍地念放在我鼻子底下的信，上面从来都是几乎什么都没写。每次从她们家里出来我都觉得头晕眼花，等不及要去整理棚舍，想一个人静静地挤牛奶。我开始说服自己，心里想着或许埃里克已经死了比较好。既然做了最坏的打算，如果他到时候真的回来了，不管有没有带你，我都会感到欣喜的。

来收羊毛线的老人开始派自己的儿子来。那是一个又高又瘦的小伙儿，从毛衣外面可以看到肩胛骨的形状。他的眼神甜甜的，总是直呼我的名字。他比我小，脸上还带着一些年轻人特有的污垢。时间一长，他习惯每次都进屋坐坐，想和我多说几句话，就算每次都不知道该说什么。有一次，老妈给他准备了一些热饭，就在我准备去厨房的功夫，他把手放在我的膝盖上，十分严肃地说他想要照顾我。我看着他，盯着他甜甜的眼神。

“什么叫照顾我？”

“我给你的羊毛付更多的钱。两倍、三倍，甚至四倍那么多。”

我放声大笑，对他说，如果想要给我的羊毛付四倍的钱，我也没有什么好反对的，他大可以当天就开始。他听到这个答案很受伤，眼神立刻憔悴起来。他张着嘴呆呆地盯着我，我不知道是应该请求他原谅还是应该继续笑，因为这实在是太好笑了。突然，他凑到我跟前，手也移到了我腿上，说自己从来不知道如何对女人表白心迹。

“你堆干草需不需要帮手？”老妈过来收茶杯的时候他问我。

堆干草，然后再把干草分配到食槽里，这正是我讨厌的活儿，于是我同意了。刚到棚舍，他砰的一下关上门。在干草堆前，他抓住我的肩膀，在我的脸上亲来亲去。我觉得他太年轻了，而且这么瘦，应该不会伤害到我，就随他亲了。就连他的嘴里也有一股甜蜜的味道。我感受到不同于埃里克的另外一种呼吸、另外一种肉体，感受到自己的身体正贪婪地想要自我放弃。我在干草上摊开，他亲吻着我的脖子，用他冻裂的手捏住我的乳房，转眼间，他又骑在了我的身上。他一边和我做爱，一边对我说，他爱我，想要照顾我。我堵住了他的嘴。因为我只想无忧无虑地感受他身体的温度和年轻人的燥热。干草尖儿扎进了我的头发，毛衣也让我觉得很痒，他的汗味儿应该会在上面停留好几天。

“这样的事情不应该再发生了。”我最后对他说了一句。

“就算你丈夫不从战场上回来？”

“我丈夫肯定会回来的。”我说着，打开了门，把他赶出去。

为了不让他再进屋，我满脸恼怒地把羊毛线堆在门口，望着门外的路等着他来收。这是一种不属于我自己的表情。看到三轮车来，我示意他在那里等我，不必进来了。那个老人看到我扛着包在一块布里的羊毛线弯腰曲背地走向他们，笑着用手肘戳戳儿子。看到他那扭曲的笑，我简直想把羊毛扔进他的嘴里。小伙儿很担忧地看着我。几个星期之后他开始怒气冲冲地装羊毛，并且鄙夷地把钱放在我手中，连看都不看我一眼。老妈也说，家里最好不要再有人进来了，说是因为在战争时期，男人们的心意总是邪恶的。

“他们把我们独自留下，如果发生了什么事情就开始抱怨，”她总一边手上缝缝补补一边说，“他们就像秃鹫一样时刻准备着，一旦看到你绊了一跤，就立马准备把你一辈子都看作妓女。”

听她这么说，我顿时僵住了，不知道她这么说是因为她知道我在干草棚里干了什么，还是单纯地表达担心。有时候铁匠的妻子安娜会来找我们。她很高挑，腰肢纤细，下巴尖尖的。一般情况下，她是来学织毛衣的，有一天早上却牵着一个十岁都不到的小家伙来了。

“他是我的小儿子。”她站在门口说，“每次老师和他讲话，他都用德语回答，老师气得用棍子打他手，现在他手上都是伤口。”说完，她用力掰开小家伙通红的手。小孩儿的手紧握着，好像里面藏着偷来的钱一样。

“你教他一点意大利语吧，”她请求道，“至少让他不用被棍子打手。我怕我丈夫早晚要和老师起冲突。”

“我不能免费教课。”我对她说。

她点点头说：“我给不起你钱，但是我可以给你带萨拉米肠、鸡蛋，或者我能从周围搞到的东西。”

老妈从门口冒出来，在小孩手里放了一块糖面包，小孩立刻吃掉了。

“他们会尽可能给我们拿东西的，你不用担心。”老妈一边请她进屋，一边敲定了这事儿。

我错愕地看着她。不论是在我小时候还是在长大以后，老妈总是这样对我，果断而专制。她每次都会从我背后冒出来帮我脱身。不是因为她喜欢这样做，而是她觉得，我没有优柔寡断的资本。

“如果你想优柔寡断，就不应该和一个农夫结婚！”她多次这样调笑我。

我不是很喜欢教意大利语，但和这个懒洋洋的跟屁虫一起在桌子旁待上几个小时——他每五分钟就走神一次，脚动来动去的，好像鞋子里面着火了一样——我觉得自己终于对于某人来说还是有用的。

一天，我准备教他一首诗。我心想，如果不是他们让我打心底里厌恶意大利语，它真的是一门很美的语言。用意大利语朗诵起来，就好像在唱歌。如果当年我没有机械地把它和自吹自擂的法西斯联系在一起，或许今天我会继续轻声吟唱芭芭拉的留声机里播放的歌曲——我会亲吻你 / 如果你回到这里 / 但我不会吻你 / 若你要去战场杀敌——或许马娅也会做相同的事情。或许随着时间的流逝，村子甚至整个山谷都会变成人群交汇的十字路口，大家能用多种方式表达自己。到了那个时候，山谷就不再是欧洲某处一个不确定的地点，一个大家只会心怀怨恨互相怒视的地方。可惜的是，意大利语和德语都是不断上升的高墙，语言变成了民族的标志，独裁者们把它们转化为武器和战争宣言。

## 第 七 章

一辆军队吉普在农庄前停了下来，两名军人扶着他下了车。他一条腿打着石膏，两手拄着拐杖作为步行的助力。没走几步，他们就把他从腋下架起来，放在门口。埃里克赶忙告诉我自己没有残疾，只是腿受伤了，痊愈后会立刻返回前线。两名军人点点头。

吉普上路后，埃里克向我问起了你，看到我摇了摇头，他急忙转换话题说："我不会回去打仗了，特里纳，我再也不打仗了。如果他们还来找我的话，我就逃到山上去。"他笨拙地尝试着站起来，想要看看家里的样子。他脸上布满沧桑，额头还有一道深深的皱纹，宛如刀刻那么深。我的目光无法从他的脸上移开。我一只手抚摸着他的发丝，他的头发已经稀疏了，泛着一种漂白过的金黄色。他的举止还如同往常那样，一点儿也没变：他的手指习惯性地敲着桌子，饿起来像个小伙子，一口气能吞下四块芝士。老妈马上开始做饭，一言不发就出去买了一只母鸡。她回来的时候发现，埃里克已经下巴抵着胸口在椅子上睡着了。米夏埃尔跑回家，应该是谁告诉他埃里克回来了。他静静地看着他睡觉，不住地晃着头，好像他自己是父亲，而埃里克是儿子一样。然后米夏埃尔就去洗了个澡，对着镜子梳好头发，穿上那件深色毛衣，他最漂亮的一件。我也洗了洗，用木梳梳好我毛糙的头发。

老妈铺上白色的纯棉桌布。我们送走了那些从别的农庄赶过来想要看一眼生还者的人。

“明天，明天吧！”我挡在门口，请求道。

埃里克用手支着头，醉醺醺地吃饭，不断让我给他倒葡萄酒。我从来没有见过他喝这么多酒。米夏埃尔问了他一连串的问题。埃里克不耐烦地说自己就想安安静静吃个饭，谈论战争就没胃口了。他每吃一口，腿上的伤痛就让他龇牙咧嘴。我明白了，原来他喝酒是为了麻痹自己的痛觉神经。

埃里克去了棚舍，说牛羊的状态都不好。一头牛的眼睛生病了，羊全都营养不良。

“我不想再打仗了，特里纳，”他抚摸着一头牛的鼻子对我诉苦，“再也不想了。”

在床上，他给我看腿上的伤疤，从那里曾经取出过一颗子弹。我们一直说着话到很晚，好像我们毫不了解对方一样。那天晚上，我一刻都没有想到过你。

腿疼稍微好一点，他干的第一件事就是步行去水坝的工地。

“你疯了吗？”我说，“你要走去那么远的地方？”

“今天你负责照看牛羊，明天我负责。”他吩咐我。

他跛着脚走了。他走起路来像钟摆一样摇晃，我心疼极了。米夏埃尔跟着他去了，我找到他的时候，他正目瞪口呆地看着日夜不停向壕沟里填土的卡车。他的手抓着铁丝网，青筋突起，皮肤绷得发青。米夏埃尔和他靠在一起，一起观察忙忙碌碌的工人、轰隆隆的履带式车辆，还有倚靠在吉普车顶抽烟的宪兵。

“过来，爸爸，我们走。”

米夏埃尔蹬着车，埃里克的前臂紧紧交叉在一起，眼睛注视着漫山遍野的杉树，鼻子呼吸着天空的气味。

“如果他们还来叫我的话，我就逃到山上去。”到酒馆后，他对米夏埃尔说。

“我也不愿和意大利人一起打仗，爸爸。”

“既不想和意大利人打，也不想和德国人打。我再也不想打仗了。”他在愤怒中一字一句地说。

“但是我将来要为元首打仗，爸爸。”米夏埃尔说。

“德国人开始鼓吹种族主义了，他们残暴而血腥。”

“如果这是元首要做的事，他一定有他的道理。”

“让所有人都覆灭，这能有什么道理？”埃里克反驳道，“为什么这场战争要持续这么多年？关我们什么事？”

“在他的带领下，会有一个新世界的，爸爸。”

“一个净是俯首帖耳的奴隶的世界，这就是要诞生的世界！”

“纳粹可不建水坝，难道你不高兴吗？”米夏埃尔一点都不气馁，继续发问。

埃里克又开始吼叫，用力地吼叫，声音大到隔壁桌的老人们都转过头来看他。

“他们不准备把我们淹死，但这并不能证明他们做的事名正言顺！”他笨拙地想要站起来。米夏埃尔试着去扶他，却被他甩开了手臂。埃里克一把抓住他的衬衫，把他拉到自己面前说：“你什么都不懂，你只是一个小混混，”他厌恶地说了好几遍，“滚去找你的希特勒吧，白痴。”

他们好几天都不说话，晚上在我面前，他们都努力克制自己，维持着一种不自然的礼貌，这让我觉得他们更显得可恶了。我把晚饭端上饭桌后，坐在埃里克的位子上，把他们两个隔开，我一边喝菜汤一边问我自己，这么费心费力把孩子养大到底有什么用。

好几个晚上，米夏埃尔出去的时候，我就和埃里克发脾气，让他不要计较了，说到底毕竟米夏埃尔任劳任怨地干活儿，把所有挣到的钱都交给我们，眼睛都不眨一下。

“不管跟不跟随希特勒，米夏埃尔都是一个很棒的孩子。你对他不要那么严厉，”我还告诉他，意大利士兵从前线把他带回家后，米夏埃尔在门口守着沉睡的他，久久不愿离开，“他对你难道还不够好吗？”我生气地质问他。

但是每当我这么说，埃里克就开始抨击我，还直嚷嚷着自己有一个纳粹儿子，这是能发生在他身上最坏的事了。就算人们不理解这一点，就算人们全都和米夏埃尔一个样，也不会改变这个事实的一丝一毫。

纳粹主义是莫大的耻辱，世界迟早会意识到这一点的。

即使天边依然传来飞机的轰鸣声，但有埃里克在身边，战争在我看来是那么的不真实。我没有时间想着战争了，我只记得村子里有时候会来电报说谁又死了，这个时候就可以听到其他农庄的哭泣声，门口路过的送葬队列中都是穿黑色孝服的人，大家却不知道如何说安慰的话，尤其当死去的人还是个孩子的时候。在那样的日子里，钟要一连敲上好几个小时。埃里克如今连一次弥撒都不缺席了。

很快埃里克又重新干起了农活，他致力要让牛羊重获健康。他把它们带去新的草地，让它们可以尽情地吃草。他每天很早回家，下午三四点钟就把牛羊赶回棚舍。如今它们在里面可一点都不挤，因为我们牛羊的数量已经大大减少了。还有一些被埃里克杀掉了，因为我们没有钱给牛羊看病。由于肉供不应求，这些东西卖出了个好价钱，他还建议把一些老牛卖了，让年轻一些的母牛受孕生小牛。

他干完活后就叼着烟出门了。有时候他叫上灰灰，站在门口对我说：“跟我来。”

“等等，我准备一下。”我回答。

“不用，就这样出去。”

我们起了争执，因为我可不想一副吉普赛人的样子就出门。我的丈夫都已经从战场上回来了，我才不想一副寒酸相出门。我很快拾掇了一下，但是当我梳好头发，穿上有图案的裙子走到客厅的时候，他已经出去了。我看着镜子里的自己，已然人老珠黄，暗自惊愕不已。

在库龙的路上，埃里克不论遇到谁都说：“在被淹死之前，我们要把工地捣毁。”

但是老人们都说，自己已经太老了，做不了这些事情了，仅有的几个没有去前线的男人们说，反正也不会发生什么，希特勒很快就要占领蒂罗尔了，到时候谁也不会再提起水坝的事。有的人还会恐吓他：“如果你不想黑衫军趁你睡觉的时候狠狠地揍你一顿，那就管好你的嘴。”

埃里克于是开始找女人们谈话。但是女人们也都摇摇头，说在这战争时期，她们的丈夫或者儿子正在世界的哪个角落打仗，面对机枪的扫射生死未卜，她们才没有心思去想水坝的事情。那可是在河流底部，她们的眼睛又看不到那里。

“上帝不会允许这样的事情发生的。”

“库龙可是主教教区。”

“圣安娜会保佑我们的。”

我对他说，上帝就是这些人的希望，这些手指头都不愿意动一动的人们。埃里克让我住嘴。

# 第 八 章

很多人死在了东欧，还有一些人死在了苏联的顿河边。所有的电报都是在同一天到达村子的。官员把电报放在女人们手中的时候，盯着自己的靴子，摸了摸帽檐，然后就坐上摩托车走了。神父敲响了丧钟，一直到夜晚。酒馆空了，埃里克说那些尸体不会被运回来了，应该让中央任命市长出面主持建造一座集体墓碑。

德国军人来村里的次数越来越频繁了，他们说南蒂罗尔很快就要变成德意志帝国的一个区。有人拍手称赞，也有人远远地围观。

卡尔给自己搞到了一台收音机。男人们经常聚在一起听收音机，他抱怨说都没有人点酒了，要不了多久他肯定要用斧头把收音机给劈了。埃里克也去酒馆听收音机，他告诉我领袖总是发表必胜宣言，这正是局势变坏的征兆。

“爸爸，希特勒很快就要来解放我们了。”一天晚上，米夏埃尔如此对他说。

埃里克一把推开盘子，直勾勾地盯着他的眼睛，回应他说：“如果你参加德国国防军，就不要踏入这个家门一步。”

停战的消息传来，人们走上大街庆祝。元首的士兵们来的时候，女人们从窗户里伸出手帕，在门口挥动手臂。我们之前从来没有见过这些男人，如今却把他们当作解放英雄。我们成了德意志帝国南部，隶属阿尔卑斯山麓行动区。传言说，法西斯终归会统治这里，其他的什么都不算数。接下来的几周里，意大利的公务员们虽然被赶走了，但也均毫发无伤。通知也发出来了，说要招聘本地雇员，意大利人禁止担任任何公职。意大利人都被解雇了以后，我们的人——只要有毕业证或者曾经有过工作经验但是被墨索里尼开除了的——都可以毛遂自荐，重新回到工作岗位。

自从纳粹来了，埃里克再也不出门了，整日背着手在家里走来走去。我问他："我们现在该怎么做？"他也不回答。就连米夏埃尔和他说水坝的工程被中断了——元首对建铁路更感兴趣——他也不开口说一个字。

只有当德国人取得了土地的完全控制权时，大家才反应过来，不管墨索里尼是囚犯还是自由身，他都不算数了；只有当一个又一个的指令和电讯从梅拉诺指挥中心传来，十万火急的军书宣布即将征兵时，我这才明白，埃里克为何如此不安。他在前线目睹了纳粹屠杀战俘，他知道在大抉择时期，选择留在库龙而不是离开去德国是一个致命错误。德国人准备最先枪杀的应该会是那些1939年没有走的人，那些没有从一开始就相信希特勒的人。就连米夏埃尔也对他说："我们应该自愿入伍。这样可以减轻我们的罪。"

一天晚上，米夏埃尔把埃里克拉到一边，平静地对他说：“听我说，爸爸，希特勒知道我们的事，他知道我们都经历了什么。他肯定会让我们入伍的，这是真的，他不会把我们送去某个遥远的前线，而会派我们去一个距离这里很近的地方，或者干脆会让我们做一些管理工作。他送去欧洲打仗的人都是那些没有自愿参军的。”他得出了这样的结论后，试着拉起埃里克的手。

“你怎么知道？”他轻蔑地问。

“我昨天入伍了。”

埃里克猛然抬起头，米夏埃尔目不转睛地盯着他。

“我这么做也是为了你，爸爸。”

终于有一天晚上，我们两个都睡不着，埃里克向我描述了前线的情况。

“我们连续行进了好几天，一直不停歇。我看到了阿尔巴尼亚的山，虽然低矮贫瘠，却依然险峻，布满了裂缝。我们一连几个晚上都沿着骡马小径上山，甚至不能问一句还有多远才到。我开过枪，不知道一共杀死了多少人。虽然没有其他人多，但是这个数字足够让我下地狱了。归根结底，我还活着，这本身就是不公平的。军人们屡屡虐待我们蒂罗尔人，让我们给他们擦鞋，没有人用名字称呼我们。被调到希腊后，我交到了一个朋友，一个罗韦雷托人。他刚到希腊就患上了白喉，体检前我在他脸上抹了几滴血。我扎破自己的手指把血涂到他的脸上，让他的脸色看起来不那么苍白。我让他多活了几天。后来有一天晚上，他们让我同他一起抽烟，然后就在我眼前把他杀掉了。两分钟后我就被逼着和大家一起吃军粮。”

我屏住呼吸，双手抱膝，下巴靠在膝盖上，盯着从窗外照射进来的月光。

“德国人比意大利人还要丧心病狂。他们把人驱逐出境，给人用刑，”我转头看着他，他又对我说了一次，“特里纳，如果他们要让我入伍，我就逃去山上。”

“那我们就一起逃。”

几天以后，米夏埃尔穿着军装来看我们。他给了我们一个拥抱，高兴地微笑着，好像穿上这身衣服，他终于可以成为一个真正的男人了。

“很快我就能当上德国国防军中尉，甚至能当上司令，妈妈。我会挣很多钱的，还会在制服上佩戴很多星星。”他满意地说道。我没有看他，点点头，伸手帮他扶正帽檐。“难道连你也不为我感到高兴吗？”他伸长了脖子问我。

“别想这事了，我从来就不是一个爱高兴的人。”

“这身制服很帅吧？”

“对，很帅。”

他说自己肯定会被派去波河河谷巡逻，打击那些侵扰意大利北部的游击队员。

在门口我抓住他的肩，对他说："现在你要答应我一件事情，你只能说'好'。"

他迷惑不解地看着我，没有说"好"。我只得重复了整整三遍，那之后他才不情愿地点了点头，示意让我继续说。

"你要帮助我们逃跑。"

他脸色变得煞白，然后握紧了拳头。

"这是我们之间的秘密。"我对他说。

他没有回答。

"跟着我说：这是我们之间的秘密。"

他重复了这句话。

"如果元首对你更重要的话，那就背叛我们好了，让我们都被枪射死。你将来还可以报复到你外婆身上，或者用铁石心肠对付你的父亲。"我一脸不信任地继续对他说。

"是他让你这么做的？"

"不，他什么都不知道。"

米夏埃尔的眼神变得尖锐起来。他看着我，好像看着一个敌人。但是在那一刻，他对我好不好已经无所谓了。我只想保护埃里克，和他一起逃跑。

"我会来告诉你哪里是最安全的地方。"他用一种不属于自己的声音说完这句话，没有亲吻我就走了。他走进老妈的房间，吻了她。接着他当着我的面套上了那件灰色大衣，砰的一下关上了门，书橱上的蜡烛都被风吹灭了。

我拿出两个包裹，里面放上埃里克的厚衣服、几件粗羊毛衫、肥皂、围巾、袜子、毯子。仅有的一点剩余空间，我准备塞进去几小块波伦塔、几罐腌肉、干面包和饼干。我还准备在我的包裹里放上水壶，在埃里克的包裹里放上一壶格拉巴酒。我收拾东西的时候什么都没有想，好像我突然就搞明白了：我们已经没有其他的可能了。我把包裹藏进了抽屉，在上面盖好旧抹布。

我去了老妈的房间，把手放在她肩上，坐在她身边。

“你还好吗？”她问我。

“嗯，我挺好的。”

“米夏埃尔很快就会回来的。”

“听我说，老妈，我和埃里克要逃到山上去。如果你想和我们一起来也可以，但你最好去找佩皮。”

“如果你丈夫入伍，你就可以开始教课了。”

“我可没有兴趣在纳粹学校里当老师。而且埃里克不会入伍的。”

“逃兵的妻子是要被处死的。”

“如果你留在这里，你也会被处死的。你得去找佩皮。”

她让我从她房间出去。后来，到了晚上，她又把我叫进去。她没有看我，说：“好吧，那我去找佩皮。”

我热好了洗澡桶里的水，等埃里克回家后，我帮他洗了澡，然后把晚饭端上桌。我试着不与他的目光交汇。老妈想要留在自己的房间里，我给她端了一碗肉汤。

“我准备好包裹了，就在抽屉里。”

他从盘子上抬起头，然后点了点头。

“米夏埃尔已经走了吗？”他问我。

我说是的。他做出了一个厌恶的表情，接着继续没有胃口地吃着饭。在那一刻，我的内心升起了一种新的愿景，那是一种我后来再也没有体会过的感觉。我想把自己的一切都清空：我的物品、牛羊，还有我的思绪。我只想扣上搭扣就走人。我只想离开这里。

我给佩皮写了一封信，信里我祈求他尽快赶来接老妈。我没有在想自己或许再也见不到米夏埃尔了。我也没有在想战争或是群山——那个我们将来的藏身之处抑或葬身之处。我没有在想你。四年了，我每天晚上都会在一本旧笔记本上给你写信。那天晚上我一口气把所有的信念完，然后把笔记本扔进了火炉里。它在猩红色的火苗中逐渐被灰烬覆盖。火慢慢地爬进了书页里，噼啪作响，火势重新旺了起来。我从来没有感觉到如此自由过。

# 第 九 章

一天早上，他们来问我为什么没有回去教课。问我是不是反对纳粹学校。

“我肯定不反对。”我说。

刚从那些男人的拷问中脱身，一辆汽车就停在了农庄前面——两名官员要找特里纳·豪瑟。我没有关门，阳光从门外照射进来。我的外套敞开着，其中一个官员盯着我的睡衣，眼神一直游走到我的小腿。

“我会让他去报到的，现在他在外面放牧。”我说。

“为什么他没有自愿参军？”

“他是为了我才这么做的，”我回答，“我生病了。我们决定让我们的儿子入伍，我的丈夫就留下来了。他已经打了两年的仗，他是在希腊负伤才回来的。”

他们在登记表上查了下，米夏埃尔确实已经入伍。找到了米夏埃尔的名字之后，他们的态度明显好转很多。

埃里克去棚舍宰杀那头小牛了。用的是他从前线带回来的手枪。他剥了皮，给肉控血。牛群吓坏了，乱踢乱蹬，拼命地高声哞哞直叫，担惊受怕了一整天。埃里克把肉带回家，我把肉切片后塞进玻璃罐子里——一片肉，一把盐——直到肉都用完了，直到盐都用完了。他把三头牛放在了他的朋友弗洛里安的农庄，把羊都给了另外一个叫做路德维希的农夫。他借口说，只是暂时需要帮忙保管一段时间。第二天他们就会明白为什么了。晚上回家，我开始用黄油煎肉。我把油倒在波伦塔上，我们一起吃光了。我们吃啊吃啊，吃到感觉恶心。看着窗外繁星点点，我有一种幻觉，觉得这一切都不是真的：战争、逃到山上去、被杀死的小牛都不是真的，老妈去桑治奥找佩皮不是真的，我的儿子是纳粹也不是真的。

“我害怕他们会怪罪米夏埃尔。”我说。

“而我害怕米夏埃尔会派人来找我们。”

“别说这么刻薄的话，他不会这样做的。”

“那他们除了问他几个问题，也不会对他做什么的。”

我收拾好桌子。我在水池里洗了碗碟，擦了书橱、家具，最后还擦了地板。

“你为什么要让自己这么累呢？”埃里克问我，“他们肯定会把这里搞得一团糟，或许会一把火烧了。没有必要打扫得这么干净。”

“我就是要打扫得干干净净。”

埃里克耸耸肩，又往包裹里放了一些东西，还准备了可以用来枕着睡觉的干草枕头。我从一个房间转到另一个房间，检查是不是一切都井井有条。我要相信我们是会回来的。老妈也会回来的，她会重新在腋下夹着棒针织毛衣。所有人都会回来的，佩皮和他的妻子伊雷妮，纳粹在村子里征募的那些小伙子，还有很快就会和埃里克和好的米夏埃尔。你也会回来的。战争会结束的，他们终会把你带回库龙。

我们在深夜出门了。我看了一眼厨房和桌椅。擦桌布我已经叠好，一块一块地摞了起来，杯子还在滴水。腌肉的气味还萦绕在空中。

奥特拉峰上，月如镰刀。我解开了灰灰的链子，它抬起头，眼睛周围布满了皱纹。我摸摸它的鼻子和尾巴。

“我们很快会再见的，灰灰。”埃里克抚摸着它的耳朵说。

然后他牵起我的手，说，该走了。我不记得他上一次牵我的手是什么时候的事了。我感觉他的手柔软而轻盈。

我们朝着落叶松林走去。走进树林的时候，天一下子全黑了，空气也冷得刺骨。埃里克点燃火把，停下来看着我被火光照亮的脸。我们嘴里吐出一团团白气。

“你害怕吗？”他问我。

“不。”我回答。

我想吻他，就在那片我熟悉的树林中间。

“我们最好现在上山，趁着天黑，尽可能上到最高的地方，然后去瑞士。那儿有石窟和草堆。再往上面一点我们还可以遇见流民。我们要越过德国人检查的边界，在遇到瑞士警察之前停下来。”

上山的路变得陡峭时，我们都不说话，注意聆听周围的声音。埃里克手握手枪，肩挎着猎枪。树枝一直沙沙作响，我现在想的不再是那些军人了，而是趴在树叶上咝咝地对我吐舌头的蛇和蜥蜴，是这片寂静中瑟瑟发抖的狼，是金黄色眼睛的猫头鹰。我用老妈的围巾盖住了鼻子，后来又盖住了耳朵，最后盖住了整个脑袋。

如果我绊倒了，或者山路变得陡峭，埃里克就把火把递给我。如果我让火光照到了他的脸上，他就立刻喊我挪开火把。我们停下脚步，听到了溪流的声音，给水壶接满了水。溪水冰凉，我让他慢点喝。我想和他说话，但是埃里克不准我说话。周围万籁俱寂，恰似我们那座空房子里面凝滞的沉默。

“你把耳朵露出来，不然听不见。这里可能会有狼出没。”

“埃里克，天什么时候亮？”

“就快了。”

# 第 十 章

一束光穿透了漆黑的天空，最开始泛着红色，后来变成蓝色——太阳出来了。埃里克给我指了指库龙，小小的，远远地卧在山下。他觉得士兵不会来这么高的地方。我们坐在石头上吃干面包和奶酪。他让我也灌下一小口格拉巴酒，我一边咳嗽一边喝了下去。此刻，清澈的微光照亮了整个平原，悬崖上也伸出树枝和灌木。我觉得自己已经攀登到了世界的顶峰。我觉得自己已经逃离了这个世界，而且不再属于它了。

“我们可以在那里休息一下。”埃里克说。

山脊上有个石窟，很窄，爬进去得手脚并用。埃里克检查了一下，说里面没有动物的窝。我们开始捡树枝，用脚踩平积雪。

“我们要在这里面露营吗？”我疑惑地问他。

“只住几天，然后去一个愿意收留我们的农庄。”

“谁会收留我们呢？”

“阿尔弗雷德神父给了我一张字条，我们到时候给农庄主人看就可以了。他儿子是马莱斯的一位年轻神父。”说着，他把口袋里的字条递给我。

“我们是要在地上睡吗？”我看看四周，问道。

“不是，我们下去找一些树叶，然后做几个垫子，”他耐心地回答，“我们带的包裹可以用来保暖。”

我不准他离开我一步，威胁说，只要他离开我，我肯定会尖叫的，或者直接回山谷。我无论如何都不想一个人待着。埃里克摸摸我的头，跟我解释道，他早晚要去打几只野兔或者鸟，再或者向村民买一些奶酪。待在一起并没有意义。他把手枪给我，自己拿着猎枪。我从来没有开过枪，也从来没有想过开枪，毕竟手枪枪管里只有六发子弹。

“触发扳机的时候，你只需要用全部的力气把它抓紧就可以了。”他嘱咐道。

我盯着铁质的枪管，感受它在我冰凉的手中的重量。我们去找树叶，然后检查了一下四周，没有看到一个活物。我们回去的时候，埃里克一直说：“这么高，他们不会来的。”

“可是肯定还会下雪的。”

“对，会下大雪。”

“那么下雪的话我们该怎么办呢？”

“我们必须要坚持上几天，特里纳，要确保德国人不会路过这里。然后我们就去那个农庄，食宿的费用我们用劳动偿还，我们还可以把身上的钱都留给他们。”

“到了那个时候，战争会结束吗？”

“我希望如此。”

顶着中午的太阳，我们脱掉围巾，又吃了一点奶酪。他先去休息。

我拿着手枪走出石窟，看着明亮的日光和天空的蓝色幕布下大大小小、相互追逐的云朵。我看到一只鹰在远处盘旋。我穿行在树林中巡视，踢跑了几颗石子。空气静止着。

“如果你看到被划伤的树干，就尽快远离那里，说明有狼经过。”埃里克说过。

“那如果狼就在我面前呢？”我不安地问。

“那就朝着它的眼睛开枪。遇到德国人也要这样，遇到意大利人也是。如果你要生存下去，你必须朝着敌人的眼睛开枪。”

“在这么高的地方，我们还是没有脱离战争，”晚上，我在篝火前对埃里克说，“这把枪就是战争。”

他点点头说：“但是还好我们没有变成他们的共犯。”

当黑暗在山上蔓延开来时，我还盯着天空，久久不愿移开目光，想要留住一丝丝光亮。好像这一片余光就是吮吸出来的奶水，而我就是那嗷嗷待哺的婴儿。过了一会儿，整座山都暗了下来，周围连树影都看不见一丁点儿。我耷拉着脑袋回到石窟，双手捂着脸，默默地抽泣。埃里克没有阻止我。有几次他走到我身边让我拥抱他，但我都对他说，自己一点儿都不在乎他的拥抱。我只想要白天重新到来。

日光重新照亮山坡的那一刻，我瞬间忘记了那段痛苦的黑暗时光，我四处张望，开始睁开眼睛做白日梦。白日梦里，我时而是一个年轻的妻子，因为爱自己热爱冒险的丈夫而爬上了山；时而是一个让德国人胆战心惊的女战士；时而又是一个拯救了孩子们的女老师。

每天下午的时间过得尤其缓慢。我们背靠着一棵树，谈论着我们以前从来没有谈过的事情。

“谁知道现在马里卡在哪里。”他有次一边朝手心哈气一边这样对我说。

我呆住了，就好像发现并走近了一匹狼。他说自己如今已经过了那个不能提及那件事的阶段了。

“我只希望她过得好，很安全，希望战争没有对她造成任何影响。”

“你不想再看到她吗？”我问他。

“我觉得这是不会发生的。”

“那你姐姐呢？”

“我想的，想再看到她。”

“你真的想再看到她吗？”

“是的，我想问她为什么。”

“你只想问她这个吗？”

“是的，特里纳。只有这个。”

# 第 十 一 章

我已经过得不知日月了。我问埃里克，什么时候可以离开这儿，去那个农庄住。他回答说，现在还不是时候。我心情很不好，因为我想走。我问他，我们怎样才能知道战争到底打成什么样了，他笑着说，这才仅仅过了两周。

盐下面的肉吃完了，波伦塔吃完了，干面包吃完了，奶酪吃完了，饼干也吃完了。埃里克每次一下山就要失踪好几个小时。我一个人在山顶看着山谷，有一种奇异的晕眩感，只要风停了，我好像也僵住了一样。他总能成功地从村民那里搞到一片熏火腿或者一块奶酪。但是能吃的东西总的来说还是越来越少，他的脸也越来越苍白，胡子拉碴，脸颊凹陷。为了抓土拨鼠，他像一座雕塑般一动不动地埋伏起来，然后用木棍击打它们。成功抓住猎物的我们就像过节一样。我们在烤架下面升火烤肉，然后把骨头都啃得干干净净。我觉得自己更像个野人了，但是比起他在前线那种不成人样的生活还是要好一点。

一天早上，埃里克去打猎了，我沿着弯弯曲曲的鹅卵石河岸走，找到鱼的时候还以为自己出现了幻觉。我用碎冰当工具，装了满满一水壶的鱼。我找到一户农家，敲了敲门。一个女人给我开门，我和她讲我们是叛逃者，想要到瑞士去。我成功换到了一罐肉汤和一壶酒，我还对她发誓说自己一定会回来付钱的。我怀着胜利的心情走向石窟，想象埃里克满意地咧着深色的嘴唇朝我微笑。他肯定会一边给嘴里塞满食物一边说："距离离开的日子又近了一天。"我们肯定会喝酒，享受那种酒汁滑下喉咙温暖我们胃的感觉。

我穿行在树林里，慢慢地往上爬，一步一步都踩进了雪里，积雪很干，特别像放了很久的盐。我想着埃里克，他一定正在铲雪，这是我们每天必须要进行的战斗。我听见了一些声音，是德国人的声音。他们怒气冲冲地在问话，咄咄逼人，高声呵斥。石窟距离我十步之遥。我伸长了脖子观察。军人们背对着我，重复着两个问题不松口："是不是游击队员？""是不是逃兵？"埃里克不作回答。我蹲了下来。两只鸟站在枝头盯着我。我把肚子贴在雪地上，寒冷让我的胸部失去了知觉。现在我可以很清楚地看到他们了。他们一直在盘问他，而埃里克闭口噤声。我拿出了手枪。里面只有六发子弹。我用尽全身的力气紧紧地抓住手枪。我瞄准第一个人的后背开了枪，他噗通一下闷声倒地。另一个立刻转过身来，我射中了他的胸口，他大吼一声也倒下了。在这两具尸体上我又打了好几枪，一直到用光子弹。埃里克瘫倒了，背靠着岩石。他双眼无神地盯着我的脸，好像不认识我了一样。我使劲摇晃他，好像摇晃一根堆满积雪的树枝，咬着牙命令他站起来，在这之后他才帮我捡起了德国人的武器。一件给我，一件给他自己。我们身上都沾上了他们的血。我们搜查了他们的大衣，找到现金并装了起来。他们其中一个人的钱包里装满了纸币。用这些找到的钱我们可以向村民买吃的东西，还可以支付那个农庄的食宿费。我们一起把尸体拖进了石窟。我把空枪扔在了尸体上面，然后我们一起用雪把尸体盖了起来。晚上和接下来的几天将要落下的雪，会把这些永远掩埋起来。

我们又往上爬了一段，脚步急促，好似杀手般矫健。迎面而来的鹅毛大雪纷纷扬扬，我们每走一步就印出一个脚印，各自手中都紧握着手枪，心脏快要爆炸了一样怦怦直跳。

“有别人的脚印，”埃里克说，“他们应该来过这里了。”

我们换了个方向，继续默默赶路。每当遇到狼的爪印或者人的鞋印，我们就换一条路。我们的手上长满了冻疮。

“我们在哪儿？”太阳落山的时候我问埃里克。

“那后面是瑞士边境。”他说。

“农庄呢？农庄在哪儿？”我绝望地问。

“应该不远了。”埃里克迷惘地说。

我们的腿快要支撑不住了。我很确信，再过几个小时我们就要死了。我倒在地上时，埃里克让我立刻站起来，指责我，让我不要无缘无故就停下。

“如果我们停下来就会被冻死。”

这里连一棵树都已经看不见了，远处山脊上也都光秃秃的。只有雪。

“看那里，特里纳！”埃里克说，他累得声音大一点儿的力气都没有了。

在一片白茫茫中，有一间石头搭的小屋子。我们走近看，这是一座圆形礼拜堂，屋顶上有一座十字架，像羽毛一样插在塔尖上。

从屋子里面没有传来什么声音。埃里克打开了门。三个男人吓得跳起脚来。他们用德语喊着什么。有人开了一枪。

“别开枪！”我喊。

我们举起手，但是手中还握着手枪。这些枪已然成为我们身体的一部分了。

“我们不是士兵。我们既不是纳粹也不是法西斯！”我喊道。

他们交换了一下眼神。

“你们是叛逃者吗？”他们中的一个放低枪口问道。

我们点点头。他们命令我们把枪放下。我们也命令他们做同样的事。虽然我看起来像个流浪的，但我的脸不像坏人，他们放下了戒备心。

我一直会记得这三个人。那个父亲一脸让人琢磨不透的表情，马脸，塌鼻梁，还戴着让眼睛显得更小的眼镜片。他的两个儿子一脸吃惊，这两人让我想起了米夏埃尔。他们从德国人那里逃出来，而米夏埃尔下令追捕所有反对纳粹的人。如果他追到那幢屋子里面肯定会把他们杀死的。或者他们会把他杀死。

他们吃着无盐面包，正要生火，埃里克给他们帮忙。火苗噼啪作响，我觉得自己活过来了，像一个懦夫一样感谢上帝，因为终于到了温暖的地方。

我拿出了肉汤罐头和酒壶。“你们看到士兵了吗？”我一边问着，一边把吃的喝的都拿到火堆附近。

“德国人知道很多逃兵逃到了国境线附近。”一个金发碧眼的小伙子喝了口酒说。

“你们要注意，不能再往前走了。瑞士警察每天都在抓捕逃兵。”另外一个儿子插嘴道。

他们跟我们讲希特勒开始持续吃败仗了，苏军势如破竹，已经重创帝国。在斯大林格勒，死亡人数成千上万，城市的地下室里都是已经放弃希望的伤员。他们说自己准备要去伯尔尼，那里有他们的亲戚，可以保护他们。他们是斯泰尔维奥人。两个儿子弄到了一个可以帮助他们逃跑的通行证，父亲没有入伍。他和埃里克一样已经在意大利战线打过仗了，现在再也不想听到任何关于战争的事情。两兄弟的母亲很多年前就去世了。

“她如果还活着，肯定不会想离开村子，百分之百会被纳粹抓住，或许还会因为我们逃走而惨遭枪杀。”弟弟说。

我什么都没有说。我看着他们，感觉到一阵恶心，对他们感觉到恶心，对纳粹感觉到恶心，也对我的儿子感觉到恶心。这种恶心还掺杂着希望米夏埃尔此刻就在我眼前的愿望，我想坐到他身边，双手烤在温暖的火上。

“德国人来过这里，我建议你们不要停留。”那个父亲还说，“要想等到战争结束，你们需要爬到更高的地方。你们会在那里找到其他的叛逃者。更高的地方有流民和干草棚。”

“那里也不比这儿更冷。”金发碧眼的小伙儿安抚我们说。

他们给我们端来的菊苣根咖啡有一种清淡的苦味，我觉得特别好喝，简直想把头埋进去喝。他们递给埃里克一根烟，埃里克早就没有烟草了，看到那根手卷香烟特别高兴，把烟吸进去了好久才吐出来。两个儿子中的一个一口气喝完咖啡，拿着手枪去了门口。

“三个小时后我换你。”坐着的那个兄弟对他说。

早上我醒来的时候，发现那个金发碧眼的小伙子蜷缩在我的肩膀旁边。临走前，他们分给我们一大块白面包。我们用树枝做成了垫子塞在鞋下面好为走雪路做准备。埃里克用小刀加工树枝，让它们变得有弹性，而我用牙齿拉扯线绳，把它们绑在一起。我们给他们也准备了鞋垫。那个父亲总说要朝上走，让我们不要害怕寒冷，后来他们没打一声招呼就走了，和我们走的方向相反。我们看着他们在一片白茫茫中渐渐变小。

雪一直下，我们在脚上穿上了所有的袜子。我想起了老妈，她总说脚受凉了全身都会冷。我经常会想起老妈。想象着她坐在没有编好的干草椅子上织毛衣的画面。她在织毛衣的时候你永远都不会知道她脑子里正在想什么。

我转过身看了看带十字架的礼拜堂，这个时候雪已经积在门口了，现在连进也进不去了。我满脑子都是自己杀死的那两个德国人的尸体。我们周围只有白茫茫的一片和风的呼啸声。

# 第 十 二 章

我们在透骨奇寒的环境下走了好几个小时。趁着雪刚停一小会儿，我们就努力吃下一口面包。雪飘进了我们破破烂烂的鞋子里。我们当时正在吃东西，埃里克突然一跃而起，指着远方的两个男人。他一把装好面包，焦急地跑了起来。他放声大呼："嘿！你们！"他每一步都走得很踉跄，每一声吼叫都好像是在这个白色荒漠上死去之前说的最后一句话。我试图跟在他后面，可该死的包裹简直快要压断我的背。我想就那样躺下去死掉算了。

"埃里克，停下！"我喊。

但是他继续跑着，用力把木棍戳向地面。木棍发出爆裂声，他走起路来更加趔趄不已。

"你追不到他们的，埃里克，停下来！"我再次喊道。

然后他走到我旁边，喘着粗气吓唬我："我们一定要跟着他们的脚印，不要等雪把脚印都盖住了。那些男人是村民，他们会给我们指路的。"

脚印确实把我们引到了一个农庄。我们停下来，靠着木棍，观察着这个农庄。我们跪在地上，等待呼吸重新平稳下来。我感觉我的泪水都结冰了。

突然，一个女人出来铲雪，埃里克把我推上前。我拿出了阿尔弗雷德神父的字条。我感觉自己的腿已经虚脱了，冻住的脚再也不能活动了。我小声和她说话，像一个犯了错乞求原谅的小孩子。那个女人很胖，头发乱糟糟的，好像头上长满了刺。她只消一个眼神就立刻明白了我们是叛逃者。

“是阿尔弗雷德神父派我们来的，他是库龙的本堂神父。”我对她说，然而她并没有理我，“我们从战乱逃生，现在要冻死了。”我一边说一边把字条拿给她，她看都不看一眼。

她喊了一个人的名字，眼神没有离开我半步。从门里走出来一个老人，扛着一把枪。另外一个男人也出来了，还有一个穿着神父长袍的男人。又出来了一个女人，她手里还牵着一个女孩儿。埃里克也过来了，他扔下手枪，双手高举在空中。雪花不断地飘落在我们身上。在这世界上没有比落在你身上的雪更加冷酷的了。

他们在农庄里面点燃了火炉。在唯一的一间房间里，一张破烂的床垫靠在墙上——我们所有人都要睡在上面。地板是斜的，有时候晚上踩在上面会让我觉得头晕。我浑身汗毛耸立，他们五个人不住地向我们投来审视的目光。火苗释放出的温度让我感觉脸颊在燃烧，我想忍住哭泣的冲动，却无能为力。

“你们是纳粹吗？”一个中年男人问。

“不是。”

“你们是法西斯吗？”

“我们不是法西斯。”

“我们既不是纳粹也不是法西斯！”埃里克生气地说，“我们什么都不是，我们只是农民。我再也不想打仗了。”

“我们是阿尔弗雷德神父的朋友，他是库龙的本堂神父。”我重复了一遍，那个神父终于微笑了。

那个胖女人把字条给了他，神父念了字条上的字，然后拉住我们的手，拥抱了埃里克，嘴上一直说着欢迎我们来，还说我们可以给农庄帮忙，例如找食物和修农舍什么的，他们现在也没有牛羊了，那个胖女人把牛羊都带去市场上卖了，她当时坚信战时需要的是钱。

“但是战时的钱却一文不值。货物才值钱。”神父叹着气总结说。

“我们两家在村里是朋友，”那个老人的女儿说，“我们都是几个星期前从马莱斯逃到这里的。”

“我们身上所有的钱财都可以用来交房租，”埃里克插嘴道，“我们知道收留我们对你们来说是很大的牺牲。”

那个胖女人点点头，邀请我们靠近一点。我困得眼睛都睁不开，只想一个人待着。屋里冷飕飕的，可我竟然都不觉得冷。我说：“如果你们需要的话，我的包裹里还有一个平底锅，我是背着它一路爬到这里的，锅柄老是戳我的背，可把我害惨了。”女人们的脸上这才浮现了一丝笑容。

那个胖女人笑了一声，然后给我们指了指面向后方的窗子。“如果有士兵来的话，你们要从这里逃走。我们这里是最后一个农庄，你们找不到其他的住处了。几公里之外就是瑞士了。”

“如果他们来了，我们要逃去哪里？”

“往东逃。从山脊下去，直到遇见有一排松树的地方。那里有几个干草棚。”

我们回到火炉跟前。那对中年夫妇从头到脚地审视着我们。他们的女儿叫做玛丽亚。玛丽亚是个哑巴，她一直都在用她那布娃娃一样的双眼盯着我们看。

“今天晚上，守夜就交给我们了，明天晚上等你休息好了再加入。”那个老头对埃里克说。

# 第 十 三 章

第二天一大早下雨了。神父双手合十在祈祷。他穿的黑色长袍让我不禁愁绪满怀。他母亲背对着我们前前后后忙个不停，还时不时对儿子说：“你当神父真是做了一个错误的选择，你当初应该和弗兰切斯卡结婚的。”

“我已经和上帝结婚了，妈妈。”他耐心地回答她。

神父肩膀很窄，头发稀疏。一张看不出年龄的脸，眼睛和他的袍子一样黑。就是那种让我愁绪满怀的黑色。

“神父也可以叛逃吗？”我问他。

他脸上还挂着慈悲的微笑，说他没有叛逃，只是拒绝服从于纳粹。

“希特勒是异教徒。那些支持他的神父不配得到耶稣的慈爱。”他用一种平静的声音说。

他告诉我，玛丽亚的父亲晚上出去打猎的时候会路过一户农家，村民总会给他留下一些东西，比如几条香肠、一些奶酪。女儿变成哑巴了以后，父母也不怎么开口说话了。玛丽亚父亲的两个表兄弟每十天会在山上一个隐秘的地点给他送去一包波伦塔和一些鸡蛋。他还说现在他们不能回马莱斯了，要等到战争结束才行。

“战争不久就会结束吗？”我问他。而他伸开双手，一个字也没有说。

埃里克出去和那个老人讲话，然后又主动去清扫棚舍，修理食槽，还更换了被雪压坏的木梁。我问那个胖女人哪里可以帮得上忙。她用一种温柔的声音告诉我，现在只管想着好好休息就行了，让我给她讲讲战争之前我的生活是什么样的。于是我告诉她我上的是师范高中，但是毕业后法西斯从来不让我工作，我还当过农民，最后我趁着夜色跑到这上面来了，因为我的丈夫决定要叛逃。

“对别人言听计从会让我们丧命的。”她抬了抬下巴指向自己又在祈祷的儿子，发出了这样的感慨。

外面天气晴朗，模糊的阳光从雪面上反射出来，除了白茫茫的一片其余什么都看不见了。那个胖女人拌了拌波伦塔，还用我的平底锅炖了一个洋葱。我很高兴她用了我的平底锅。

“上个星期他们带了麂回来，还有一次带了鹧鸪。我们周五也吃到了肉。”她心满意足地说，“谁知道他们还能不能找到肉，我特别喜欢吃肉。”

“肉必须要很快吃完，因为熊会闻到气味，”神父补充说，“我们晚上守夜主要是为了防熊，而不是防德国人。遇到熊我们什么都做不了。”

“它们会上到这里来吗？”我问。

他的双臂摊得更开了，他母亲看着我一脸抱歉地说：“向神父问问题是没有用的，他们只会摊开手臂，”她接着抱怨说，“小孩子也喜欢摊开手臂。就好像玩具被抢走了，人被结结实实地打了一顿，他呢，啥也不干，只会摊开手臂。”

我们围着一张旧桌子吃饭，那是神父仔仔细细支起来的桌子。祈祷之前，我们连看一眼盘子都不可以。“赞美主，感谢赐吾辈食物，世间万人你养饲”是他的谢饭词。吃完饭，那个老人又开始擦枪，嘴里复述着自己用这把武器在第一次世界大战期间杀死了十几个意大利人。

“只要有这把枪，我就是奥地利人。”他总这么说。

埃里克和玛丽亚的父亲出去了，他们看着从胭脂红变成墨黑的天空，抽着烟。埃里克很喜欢和他安静地待在一起的感觉。我们其他人捧着杯子喝热水。这是那个胖女人要求的，因为她觉得这可以预防充血。我们一起畅想战争的结束。我说自己迫不及待想开始教书了，玛丽亚的妈妈鼓励我说，我肯定是一个很棒的老师。神父没有什么梦想，他觉得能回到自己的教堂重新开始举行弥撒就已经很心满意足了。当我们说起自己的愿望时，他那令人不易察觉的微笑让我总有一种向他提及你的冲动。连那个胖女人也有自己的愿望。她想当奶奶，想子孙满堂。

我们沉醉在幻想中忘乎所以。与此同时，我们手中的杯子已然空了，我们就这样握着冰冷的杯子，假装里面还有水。男人们回来的时候，一阵静默突然袭来，把我们拉回现实世界。我们互相看看，窘迫不已，好像做了这么长时间的梦是犯下了什么罪过。

埃里克和玛丽亚的父亲很快就又出去了，他们是去找有没有农户需要帮忙的。他们可以帮忙把干草装进布袋，有时候还把布袋扛在肩上搬去棚舍。这些活儿能换来几块熏火腿、几块奶酪和几升牛奶。这些已经能让我和玛丽亚觉得很幸福了。不下雪的时候他们就出去打猎。有时候他们还能遇见几个牧人拉着几头牛，牧人晚上就睡在干草里。更经常遇见的是其他的叛逃者。如果能放下戒备心，他们会和对方交换自己知道的信息，然后在饭桌上把最新的消息告诉我们。

他们刚一离开，那个老人就抱起枪，径直走到门口坐下。他每次在门口放哨的时候都一脸凶相。那个老人从来都不和我们坐在桌子旁，吃饭也都是站着吃，手里紧紧地捏着锡碟。他从来不祈祷，每次三下五除二地吃完饭，就说要去看看天色，推测一下天气。他可以一连几个小时盯着天空，像天文学家般有耐心。

只有当男人们带着肉回来时，我才帮忙做饭。如果没有肉，那个胖女人不喜欢任何人在厨房插手。我们如果看到男人们带着肉回来，就只留一个人看守棚子，连神父也在为动物尸体赐福后开始亲自下手剥皮。接着我们把木棍在地上固定好，给肉控上一整天的血。做肉片的事情就交给我们女人了。我会在给肉撒盐的时候想起自己的家，不知道德国人是不是已经把我家烧了，或者分配给了其他人。

玛丽亚眼神茫然地看着我们，从来都不来帮把手。她一头银灰色的头发，手指细长。她和她母亲长得一模一样。她母亲总是和那个老人待在家里，对我投来审视的目光。

我每天打开门的时候都希望能看到雪化了。我想抚摸绿色的植物，抚摸银色的岩石，还想抚摸石块嶙峋的地面。然而就算春天已经来了，我能看到的却仍然只有白雪皑皑的一片，这让我失望至极。我听到大团的积雪从树上落下，然后回到了屋里，问神父今天几号了，他耐心地回复了我一个圣人的名字。他还说祈祷是等待战争结束最好的方式。我跪在他旁边，听他重复了十几遍相同的祷告词。

一天晚上，在我用来当枕头的包裹下面，神父放了一本日记本和一根铅笔给我。我相信，那本日记正是帮助我度过战争时期——那段停滞不前的时光——的关键。一开始，我给马娅写信，一页一页写的都是那些年雷西亚河边准备毕业考试的记忆，或者写每周三她来找我，我们一起用勺子吃老妈做的奶油的回忆。后来，我开始给芭芭拉写信，每封信的末尾我都要问她姐姐到底有没有把我写给她的字条交给她，结束语也总是要向她发誓，说我自己绝对从来都没有忘记我们一起躺在草地上的日子，一起像雨燕一样坐在树枝上的日子。我问埃里克能不能帮我把信寄出去，但是他笑着说，没有办法寄信，因为我们住在山顶。

我们开始在农庄生活以后，埃里克的脸色不再那么苍白了，他也终于照着墙上的一小块镜子把拉碴的胡须剃掉了。他喜欢和玛丽亚的父亲待在一起，和他一起打猎，一起找一些艰难的活儿来干，比如换掉棚舍坏掉的木梁。神父对那个胖女人说，埃里克的勤劳和他干的活儿已经远远超出了预期，所以每次我们给他们房租的钱，他们总要退还给我们一部分。如果埃里克和玛丽亚的父亲打猎一无所获，他们就回来一起咀嚼烟丝。尽管那样的晚上我们的晚饭只有一杯热水或者几口煮蔬菜糊，但我为他结识了一个朋友而感到高兴。

夏天到了，我们下山去鹅卵石河岸抓一些小蠢鱼。我和那个胖女人把鱼丢在烤架上烤。我每次只能屏住呼吸才能把这些鱼吃下去，只有那样才能闻不到鱼留在嘴里的腥臭味。

神父晨祷之后，想让玛丽亚也跟着祷告。有一次我跑到他俩身边，在他做祷告的时候想，他们是多么幸运啊，竟然相信战争带来的灾难和人类不断向死亡接近均是神的旨意。这些恰恰让我觉得，上帝还是不要存在为好。有多少次，我都快要把你的故事告诉那个神父了，我想说你有多么漂亮，多么优秀，想给他讲讲你逃走的那个晚上。但是我一想到他肯定会用下面的句子回复我：“上帝只会把巨大的痛苦带给那些有能力承受的人”，就克制住了自己。我曾听他这么说过。

祷告过后，我问玛丽亚想不想和我一起去农庄前面坐坐。这个时候她父母走到她旁边，抚摸着她的脸恳求说：“随特里纳去吧。”好像她要去什么很远的地方旅行似的。我们独处时，我指给她看那些散落在松树旁边的白色石头，地面上随着白雪的融化越来越大的暗黑裂缝，孤独的峡谷，星星点点的桦树，张开翅膀盘旋的鸟儿——我们丝毫不理会炸弹和士兵的存在。和我在一起时，她的眼神不再茫然，而是充满孩童般的喜悦。她也指给我看她看到的所有东西，一只划过云朵的老鹰，还有河岸上光滑的鹅卵石。她喜欢听雪踩在脚下的嘎吱声。她和我交流都靠点头或者摇头，她喜欢用手指穿过自己银灰色的秀发。如今太阳重新出来了，她母亲每次都认认真真给她洗头发。我和她一起度过那些无边无际而又无所事事的日子，让我时不时地想叫她一声马里卡。下雨的时候，我们就待在农庄里，玛丽亚在我的日记本上画画。她画鬃毛浓密的马，画长毛的狗。

“你只画画，是因为不会写字吗？”我问她。

然后我拿起她的手，教她回忆起如何写自己的名字。看到字母在笔下蹦出来，玛丽亚开心得简直要笑起来了。

“现在你想起来了吗？”

她点点头，吃惊极了，拉着我的手央求我再写几个字。我指给她看松树、云朵和太阳，让她在一张纸上写下这些单词。单词的旁边她自己画上画。这样过了几日，我们一起做了一本小小的单词拼写册，玛丽亚拿着它自豪地向父母和爷爷展示。

我对她说自己很累的时候，她就一个人去雪地里，跪着在白雪里写字，然后站起来满意地欣赏。我在棚子后面盯着她看，不知道为什么特别想哭。

晚上，我躺在树叶做的床上无法入眠，因为感觉自己会梦到你。但其实，我几乎每次都会梦到的是那个曾经睡在我肩膀旁边的金发碧眼的小伙子，他在梦里大声把我叫醒：“特里纳，战争结束啦！”

有时候我会对埃里克说：“我们将在这里度过余生，直到有一天，一个德国人或者一个意大利人冷不丁地朝我们的背后开上一枪。”

埃里克听到这番话会深深吸一口气，气息比平时更粗犷些，把拳头插到裤兜底部然后转换话题：“明天我去一个村民家里要一些奶酪，然后我们两个可以单独出去散步。”

但其实我们从来没有单独散过步，因为他总在和神父讲话，而我更喜欢和玛丽亚在一起。很快那个胖女人加入了我和玛丽亚，我很高兴，因为她总能让我振作起来。“至少我们今天还都没死呢！”每次我被思念侵袭的时候，她总笑着如此大声说。

# 第 十 四 章

德国人的复仇行动在 1944 年底更加激烈了。我们收到的仅有的那一点儿消息都是在说什么被烧毁的农庄、被驱逐出境的叛逃者、被关在牢里虐打的顽抗者家属。因此，男人们决定把守夜行动变成两人一组，埃里克和神父一组，那个老人和玛丽亚的父亲一组。

正是那个老人和玛丽亚的父亲看到他们来了。那是 1945 年一月的一天。五个士兵身上裹着厚厚的大衣，脚上蹬着雪地靴来了。那时太阳刚刚升起，我们醒来不久，是因为那个胖女人说我们要好好利用这不多的日光，就拍着手掌把我们叫醒了。神父是唯一一个比她起得还要早的人。他比所有人都睡得少，在这一年多的时间里，我压根就没见到过他躺在床上。他总是最后一个睡觉，而每当我早上睁开眼睛，他早已经穿好了长袍。

当时那个胖女人正在加热剩下的大麦咖啡，神父在给火炉添柴，突然，那个老人一把推开门，冲进来用粗犷的声音大叫："德国人，德国人！"那个胖女人把烤大麦的小锅掉在了地上。

"他们看到你了吗？"

"他们没有看到我，但是没几分钟就会过来了！"

"挂在门上的袋子里有饼干和干面包！"她一把推开后窗喊道，

“你们都出去，快！往东逃，过了松树林就能看到干草棚了。”

“那你呢？”神父问。

“我会跟上你们的。”

那个老人在雪地里毫不费力地走着，他命令大家分成两组。他自己那一组走在前面——他和玛丽亚及其父母一起——还嘱咐我们不要走丢了，并做好随时开枪的准备。埃里克时不时转上一圈，确保没有士兵跟着我们之后用手势向玛丽亚的父亲示意。没走几步我就觉得腿上很沉。我想象着那些禽兽正在殴打那个胖女人，甚至他们可能已经把她给杀了。我一这么想，内心就燃起了开枪的欲望。

神父突然停了下来，让大家在原地祷告。那个老人让他别再说这种蠢话了。接着神父走到我跟前，说这片山的每一寸土地他都很熟悉，因为他从小就经常和他父亲与姐姐来这里。

“你母亲会来吗？”

“如果他们没有对她怎么样的话，她会来的。她虽然变重了，但是腿脚还算有力气。”

我们到了干草棚以后，那个老人让我们高声喊“和平”，让可能住在里面的人明白我们的来意。埃里克把地上的靴子印记指给我看。德国人也来过这里了。干草棚确实是空的，棚顶有一块破了，门也掉了。地上有一些湿透的树叶垫子和散开的干草茎。

“他们已经开始从高处搜查了，”玛丽亚的父亲说，“如果他们找到我们，会把我们全杀了的。”

“他们是不会找到我们的。”那个老人让他闭嘴，“这个点儿他们都已经走到山谷了。”

我们一个一个地走进干草棚，像兔子一样挤在一起，玛丽亚的父亲把女儿的手紧紧抓住。我们谁也没有说话。晚上神父又让我们祈祷的时候，我们都照做了。我们不情愿地重复着他的话。玛丽亚再次用她茫然的眼神看着我。

那个胖女人是第二天早上到的。她走得很慢，嘴角还有狡黠的笑容，不过嘴唇快要被冻僵了。死亡的念头在我们累到不行的时候都没有放过我们一秒，这时它却烟消云散了。

“你成功抵达这儿要多亏了上帝！”神父高呼着朝她跑过去。

“什么上帝，多亏了我这两条老腿！”她笑着说。

我们也跑去拥抱她，她放下怀里的东西给我们看，那仅剩的几样东西是她一路辛辛苦苦搬过来的：一捆可以吃的叶子、一块猪油、一小袋波伦塔，还有一壶葡萄酒。

“别高兴得太早了。这只够今天吃的，最多撑到明天。”

她进了干草棚，就算面对一片狼藉，也没有表现出气馁。她说我们肯定不会被冻死的。我看着她，努力朝她挤出一个微笑。比起神父的信仰，我更羡慕她坚强的意志。

“他们要找的是你，那些德国人，”她用责备的语气对儿子说，“如果你当时和弗兰切斯卡结婚了，就不会发生这么多事儿了。”

“我已经和上帝结婚了，妈妈。”神父机械地对她复述。

“他们检查了一下，看看我有没有藏匿叛逃者，他们还翻了抽屉和衣柜，”她一边说着一边从酒壶里呷了一口葡萄酒，然后让我们传着喝，“但是他们不相信我……”她伤心地总结道，“他们看到了那些靠在墙上的床垫，发誓说会再回来的。”

我们互相看看，一句话也没说，她为了不再想这件事，又给每个人切了一块猪油。“他们走之前把橱柜洗劫一空，我仅有的那一点钱也都被他们装进口袋拿走了。还好他们没有注意到装波伦塔的袋子。明天你们派一个人去把它拿回来，如果能活着回来的话，就把波伦塔带给我们。”她咀嚼着猪油，说了这么最后一句。

“你觉得他们还会回来吗？”埃里克问她。

“我希望他们死掉。”她回答。

和那个胖女人在一起，我也变得没那么害怕了。或许和她相处久了，我有一天也可以变成这样：对外界怀有母性，对己事超然处之——无论有没有房子住，无论有没有食物吃，无论有没有炉火取暖。

吃完猪油，埃里克和玛丽亚的父亲去找柴火了，那个老人又径直走向门口。他抓紧枪，枪口朝着下坡的方向——那是我们前一个晚上来时经过的地方。

火特别难生，因为我们找到的树枝都被霜打湿了。干草棚里升起了一股浓烟，大家都被熏得直咳嗽。

黎明时分，那个老人独自出发去农庄了。

“我和你一起去。”玛丽亚的父亲双眼闪着晦暗的目光对他说。

“不，你留在这里，一次死两个人没有意义。”

他回来的时候已经是晚上了。在黑暗中我们听到有人重复说着“和平”，随后那扇坏掉的门被推开了。他拖着沉重的脚步走进来，默默地走过去和孙女坐在一起，把枪放在地上，在火上搓着手。

“农庄和棚舍都不在了。那些混蛋把它们完全烧毁了。”

# 第 十 五 章

我们在干草棚里住了大约三个月之久。玛丽亚一直在发烧，我梦见过她死在被烧过的干草上，尸体瘦骨嶙峋，脸都凹下去了。我们已经绝望到这个地步了。唯一积极的事情是我们已经虚弱到顾不得害怕了。能吃的只有几口杜松果和煮熟的叶子，别的就没有什么了。我们已经好多天没有吃饭了。表兄弟给我们带来的波伦塔一点点在减少，每个人中午和晚上都只能吃上一勺。除了期待男人们能重新搞到些东西带回来，我们别无他法。那些愿意卖一块肉、一块奶酪或者其他东西的村民，再也找不到了。那些从复仇行动中存活下来的人不让任何人接近他们，就算把一叠钱放在他们眼前，他们也会回复你说，这连一只老母鸡都买不到。

四月末的时候，玛丽亚的父亲和埃里克一起动身去找表兄弟。就算要死，一枪爆头总比饿死或者被狼撕烂好。这种看不到头的日子我们再也过不下去了，没有可以牢牢抓在手里的盼头借以继续活下去。一天又一天，外面的世界在我们脑海中开始逐渐消失。

那一次，除了波伦塔，表兄弟还给他留了糖和一小壶苹果酒。不过最重要的是，他们说战争已经到尾声了。

“美国人正在解放整个欧洲。希特勒就要下台了——这只是时间问题，或许只需要很短的时间！”他们宣称，“坚持下去，下一次你们也可以和我们一起来！”

我们看到埃里克和玛丽亚的父亲一边走来一边交换着喝小壶里的酒。两人都胡子拉碴，咧着嘴笑。在干草棚里我们互相拥抱，那个老人也把枪口升到了空中。接着，那个胖女人开始烧水，说她要做甜波伦塔作为庆贺。

“每个人都可以分到一大勺！”她用双手掂量着袋子，激动地大喊。

“我来帮你？”我问她。

“你和玛丽亚去周围转一转，这对你们有好处。”她回答。

那个女孩站在门口，像温顺的小宠物一样看着我。我们走向松林，后面跟着埃里克和神父，他们也想在房子周围看一看。玛丽亚很漂亮，脖子上围着我送给她的绿围巾。我看着她的时候忍不住想，说不定你现在和她长得很像。

我们约好不走岔路，这样的话如果有人走散了我们可以知道去哪里找。我们四个又来到了那个河岸。像往常一样，我们捡了一些新鲜树叶做垫背的草垫。玛丽亚想以树枝为剑扮作骑士和我决斗，我当然英勇应战。那天早上，我们比平常多转了一会儿。等我们回去的时候，太阳已经高高地挂在天上了。像往常一样，我们觉得饿了。玛丽亚用食指戳戳自己的脸颊，想着糖拌波伦塔。

在干草棚里，那个胖女人像个无忧无虑的小女孩一样躺在地上，身下的地板条由于受到她体重的冲击而断裂。鲜血从她颈后源源不断地缓缓流出，积累在地上形成奇怪的符号。那个老人浑身都是枪眼，手里还抓着长枪，他女儿的手放在他胸口上。玛丽亚的父亲是在睡梦中被杀死的，他瘫在旧叶子上，那是我们本来要用带回来的新叶子换掉的。他的被子变成了血汤。

晚上，神父念了弥撒，而我站得远远的，不想听他念。他说话的时候，我拿起手枪在门外放哨。我又一次闻到了血的气味，心中升起杀人的欲望。

我们轮流着挖出了一个坟穴，把四人的尸体一一放进去。我们实在没有力气挖四个坟了。

接下来的几个晚上，神父也抱着枪，不再跪着做祷告了。我相信他也感觉到了血的气味。玛丽亚睡在我旁边，我给她讲关于海鸥和海的童话故事，我自己都没有见过海。我劝她吃下几勺那个胖女人做好的甜波伦塔，但是她执拗地拒绝了。

我们一直不说话，完完全全不说一句话，直到埃里克再次回到表兄弟留下供给的秘密地点。那是五月的一天，他们对他说我们可以下山了。战争结束了。

# 第三部分　水

# 第 一 章

我的手抓着玛丽亚，我的脚重重地踩在地上。每走一步，那片土地就变得更加碧绿，闪耀着太阳的金色光芒。我们下了山，把寒冷留在了身后，把还在飘落的雪留在了身后，还把坟墓里面的朋友们留在了身后。埃里克走在我们前面，神父肩挎着那个老人的枪，他再也不厌恶这杆枪了。最后那几天，有一个晚上我听见他在激动地说梦话。他再也找不回内心的安宁了，我们都是。

我们来到山谷，找到了小径的起点，神父停下来说：“我们往那个方向。我们要继续前行去马莱斯。”

玛丽亚把她纤细的手指从我的手中抽出来，用她惊恐的眼神看了我最后一眼。

“她会和我在一起。她可以打理教堂和敲钟。我会照顾她的。”他说。

我们看着他们消失在树林的深处。一束奇异的光穿过叶子。

我和埃里克静静地下山，和上来时一样，只有我们两个人。我拉着他的手，直到库龙出现在我们眼前。在树林尽头，我们谨慎地观察着周围环境，不确定是应该把手枪插进口袋还是应该继续把手指放在扳机上。云朵都被吹散了，蔚蓝色的天空纯净无比，闪耀着喜悦的光芒。街上人来人往，好像战争只是一场噩梦，早上太阳出来就消散了。我好像闻到了烤面包的气味。

家刚刚出现在我的视线里，我的双腿就不由自主地奔跑起来。我想把窗户全部打开，让房间灌满没有了战争味道的空气。站在门口，我转过身看着村子——牛羊在山谷中；树林的边界处，有谁家的马车装载着新收的干草；那些马车还是曾经的那些马车，从来都没有变过。埃里克盯着我，通红的眼睛里满是疲惫。他的胡子又白又硬。

全身瘫在椅子上，香烟熄灭在指尖——这就是我们第一眼看到的米夏埃尔。他看起来好像在那里等待着死亡。桌子上，烟丝散落在四处，元首头像的圣卡被折坏撕毁了。

“你们需要我离开吗？”他没有看我们，问道。

“把那张照片拿走。”埃里克命令他。

米夏埃尔把它交给我，终于抬起头。

“他死了。”他指着元首说。

他皮肤很紧，肩膀松弛，衣服一股石脑油味。

“我没能回来告诉你们逃跑的路，他们连夜就让我出发了。”

“现在赶快去换衣服吧。”我对他说。

那边房间里，埃里克已经睡着了，连脏衣服都没来得及换下。他一连睡了两天。我扫掉了挂在墙角羊毛般的蜘蛛网，扫走了地板上的死苍蝇，还出门赊账买了一些面包和牛奶。我特别想喝热牛奶。我去了弗洛里安和路德维希的农庄，去问问它们是不是还活着——那些我留给他们的牛羊。神奇的是，它们都还活着。

我拉着牛羊去喷泉饮水，然后牵着它们去了棚舍。我用扫帚打跑了老鼠，找了几包干草给牛羊吃。街上走着的都是残疾人：有的人没了一条腿，有的人没了一条胳膊，还有的人一只眼睛受伤了。他们全都面目全非。看到拄着拐杖的他们，我把头转向了另外一边，为自己逃离了这些伤痛而感到羞愧难耐。他们经历过枪林弹雨，而那个时候我和埃里克坐在那个胖女人的火炉前。有的人在大街上喝酒庆祝，有的人想痛扁1939年时仅有的几个"离派"——他们当时跟随了希特勒，如今失去了公民身份，只能灰溜溜地重新回到库龙。有人在酒馆里咒骂，因为我们只能当意大利人了。奥地利帝国很久之前就不复存在了。纳粹主义没有拯救我们。就算法西斯主义结束了，我们也再回不去了。

我想立刻冲出去找马娅，但同时又想躲起来，因为我已经不是她认识的那个特里纳了：我为了解渴吃过冰，我在别人身后开过枪。我鼓起勇气，踏上了那条蜿蜒在又硬又粗的杂草中的石子路，敲了敲马娅家农庄的门。

"她去年已经走了，"她的母亲却说，"她在巴伐利亚当老师。"

我想把那些我在山里写的信寄给她，但最后我还是没有寄出去。有的晚上我会重新读那些信，就像我曾经读那本满是写给你的信的笔记本。后来有一天，我晚上睡不着，就把那些信连同写给芭芭拉的信一起撕了。面对着不言不语的墙，那些文字只能创造更多的安静。它们总在讲述着那些已经不复存在的事情，还不如一点痕迹都不留下。

我们又过起了从前的那种生活——那种艰难的生活。家里只剩下六只羊和三头牛了，我们都靠米夏埃尔养活。他重新开张了老爸的店铺。战争毁坏了一切，却在某种程度上救了我们：大家都需要新的桌子、椅子、凳子，以及各种家具。埃里克去店里给他帮把手，因此在1945年的那个夏天，给菜园子锄地、去草地上放牧的工作又重新交到了我手上。我又开始一个人在田地里，吃着面包和奶酪，看着无边无际的山谷，看着牛慵懒地吃着微风吹过的草。我觉得自己浑身无力，好像我的脚跟底下仍然是雪，好像我依然睡在浸湿的树叶上。牧场上总是游荡着一条老狗，红皮肤，喜欢舔舔我的手然后蜷在我的脚边。我抚摸它的尾巴，时不时把自己的食物分给它一点。它在牛身边转来转去，牛也很听它的话。我给它起了一个名字叫做斑斑。我决定把它带回去，有个伴儿我觉得还不错。

一天早上，我在树林里看到了你。你还是小孩子的模样。我把牛羊交给狗照顾，自己跟着你。我叫你的名字，但是你继续向前走，一步又一步，没有回头看一眼。你身上只穿了一件T恤，还光着脚。我加快了脚步跟着你。我气喘吁吁地跑了起来，大声喊着你的名字。但是我沙哑的声音都被落叶松发出的沙沙声盖住了。尽管你走得很慢，我们之间的距离一厘米也没有减少。我一直跑到喘不上气来，腿也站不稳，靠在了一棵杉树上。我用拳头捶打树干，失声痛呼，我们的灾难都是你的错，米夏埃尔追随纳粹主义也是你的错，我向德国人射出的那几颗子弹还是你的错。这都要怪你，都要怪你一个人。所有的事情都是你的错。我发誓说，回到家一定要把你的玩具通通扔掉。那个老爸专门给你做的木质洋娃娃，我要把它扔进火炉里。

## 第 二 章

埃里克周日去做弥撒。有几次我陪着他去，我们一起坐在最里面的靠背长凳上。很多年前，我和马娅还有芭芭拉就曾坐在这里。

一天，他对我说：“来吧，跳上自行车。”他一直骑到了工地。

斑斑跟着我们，到了水坝后就吐着舌头看着我们。那里可以听到秃鹰的叫声，河水的潺潺声，还有狗吠的声音。阳光把一切都照亮了，除了薄薄的树影。埃里克拿出一根香烟抽了起来，眯着眼睛观察着以前的工人们放的栅栏、废弃的壕沟还有一些木梁断掉的旧棚屋。以前工人们正是在这里堆东西。

“或许其他人是对的，他们建不成这个水坝。”

“我们那是运气好，特里纳。”

我们深呼吸了几口气，看着对方。站在这一片废墟中，埃里克不知道是该拥抱我，还是应该继续保留他不信任的态度才好。

“等他们把所有东西都运走了，”他指着那些起重机和土堆说，“等这些沟壑都被填平了以后，一定会看到重新长出来的青草，到了那个时候，我们才能说可以真真正正地忘记它了。”

一天又一天过去了，米夏埃尔的店铺陆续接到做家具的订单，因为价格低廉，款项收回来得也不算晚。我终于开始教课了——如今在蒂罗尔南部有两所学校：一所意大利语学校和一所德语学校，我去的是后者——教书挣的工资和木匠店赚的钱让我们过上了还算殷实的生活。

埃里克总说：“我们如果能攒上一点钱，我就再去买一些牛，然后让母牛受孕，这样我们就可以有一棚舍的小牛了。再接下来我们重新把牛羊赶到阿尔卑斯牧场去，最后在市场上卖个好价钱。”

和所有人一样，我们也因为战争心衰力竭，但与此同时充满了对重生的渴望。在那些内心感觉更强大的日子里，我们更喜欢待在家里，听着雨水敲打房顶，在瓷砖火炉前暖暖和和地，互相述说着故事，无忧无虑。

米夏埃尔和埃里克每说一个字都谨慎万分。米夏埃尔还在哀悼元首，那些年他帮好几个高官搞到了假护照逃去南美。埃里克听着这些话，却没有对此大做文章，埃里克虽然和他一起吃饭，一起干活儿，却从来没有想着再次对他好。人生在关乎情感之前，更是一个观念问题。

一天晚上，米夏埃尔带回家一个来自格洛伦扎的姑娘。他们是通过她父亲认识的，她的父亲去过米夏埃尔的店里修椅子。他们说想要结婚。她可以在木匠店里帮他算账，就像我年轻时做的那样。姑娘行为举止得体，说话前总要先说一句“不好意思”，每一句话开头都先说“我个人觉得”。她的名字叫做乔瓦娜。

“我们会住在外公外婆的农庄里。”米夏埃尔说。

“那你要问问老妈。”我连忙回复他。我现在连她过得好不好都不知道，也不知道她是不是还和佩皮一起住在桑治奥。

米夏埃尔点点头，然后用坚定的语气说：“我去找她。我想要外婆参加我的婚礼。”

我还以为他就是说说而已，结果有一天他真的动身去桑治奥了，还带着我一起去。我们在一家酒馆歇脚吃东西，他像对待女王一样对待我。他给我倒葡萄酒，我和他说我头晕，他就笑笑，继续给我倒酒。在那里和米夏埃尔坐在一起——坐在一家陌生的酒馆里，坐在一张挨着墙的桌子旁，还有一盏灯在我们的身上洒出渐渐熄灭的昏暗光线——我觉得特别不真实。我盯着他的脸看，他眼睛大大的，眼神谦逊，像一个忧郁的少年。我们谈论着肉做得有多么美味，酒馆的位置有多么好，但是除此之外，两人都不知道该和对方说些什么。或许这是因为经历了战争以后，该埋葬的不仅有已经死去的人，还有所有那些以前看过的事物和做过的事情。在把自己也变成废墟之前，在那些鬼魂成为最后的战役之前，要高高地抬起腿逃离。我还是挺高兴我们之间无话可说的。此外，就算米夏埃尔曾经是最黑暗的杀手，我除了留在桌子旁和他坐在一起，继续面对面吃着饭，也没有什么其他可做的事情了。我对他坦白说自己也杀了人。

“你没有原谅我，对吧？”他挪开盘子说，“我知道你不相信，但是我确实是打算回来告诉你路的。”他窘迫地把盘子里的那块蛋糕弄得到处都是。

我不知道他是不是真心的，但是我觉得，真相已经不重要了。我甚至觉得真相是我最不关心的一件事。“当时我害怕他们因为发现我们叛逃了而伤害你。”我对他说。

“我是志愿参军的，所以他们没有伤害我。”

酒馆已经空无一人，于是我们起身离开。当车在路上飞驰时，米夏埃尔问我记不记得他小的时候给我采龙胆花做成花束，而我从来都不知道把花放在哪里才好。他还指给我看哪里是当时德国人的检查站，就在不久之前，有多少士兵带着机枪还在那附近执勤。他给我讲自己抓住了几个藏在科马基奥山谷树林里的游击队员，此前他曾亲眼目睹几个同志被那些游击队员杀死。

“他们连朋友的尸体都不愿意给我们。”他咬着牙说。

桑治奥的加里波第广场上人来人往，人们的脸上都是一副把战争抛到了脑后的表情。如果老爸还活着，他就终于可以呼吸到空气中和平的气息了。

我们在店铺间转来转去，米夏埃尔拉开一扇玻璃门，侧过身去让我说话。我用意大利语问：“您知道庞家人住在哪里吗？”

但是在桑治奥有无数多个庞家，就这样我们找了好几个小时。

“或许我们找不到他们是因为他们已经死了。”我拉起他的胳膊说。

“你变得和爸爸越来越像了，只会看到事情不好的一面。”他看着前方不冷不热地对我说。

我们决定放弃寻找的时候，天已经黑了。米夏埃尔说来不及赶回库龙了。他带我去了另外一家饭店，但是我只喝了一杯奶。我们和老板聊起天来，说怎么可能城里没有一家店铺认识这庞家。

“您弟弟的妻子叫什么名字？”他问我。

“伊雷妮。”我回答。

他皱起眉头，口中不断重复着那个名字，随后突然一巴掌拍在柜台上，说他搞懂了：“你们要找的庞家已经去了瑞士。我认识他家人，他们 1944 年的时候逃去了卢加诺。我觉得他们不会再回来了。”

店主人给我们开了一间房，我和米夏埃尔连睡衣都没带。要和他睡在一张床上，我觉得很尴尬。我们刚躺下，我还想着和他聊一聊他准备迎娶的这个乔瓦娜——我和她只匆匆地见过一次面——但是刚关了灯他就沉沉地睡着了。

我们凌晨就出发了。到卢加诺的时候，平静的湖面反射着天空发出的灰光。市政厅的工作人员告诉了我们他们的住处。老妈、她表姐特蕾莎、伊雷妮、佩皮，还有一个特别小的婴儿一起挤在郊区的一幢房子里。房子特别小，正面满是横七竖八的缝隙。老妈拥抱了米夏埃尔，咯咯笑着对他说：“我还以为他们把你杀了呢。”她和我打了个招呼，好像前一天刚见过一样，只是轻轻抚摸了一下我的脸。佩皮是世界上最笨拙的父亲了，他给小婴儿喂饭，却被结结实实地吐了一身。

我们喝了咖啡——真正的咖啡，而不是大麦咖啡，也不是菊苣根做的——然后米夏埃尔宣布了自己的婚讯，老妈把我拉到一旁对我说：“特里纳，我就一直留在这里了。你弟弟需要有人给他帮把手，我表姐也需要人陪，再说了这里生活很安宁。你们如果离开库龙也会过得很好的。”

关于在干草棚的生活，关于叛逃的埃里克，关于我朝德国人开枪的事，她没有过问一句。老妈变得衰老了，她瞳孔的颜色已经变淡了，脸上布满皱纹，像一片干瘪的叶子。就算这样，她依然紧握着拳头，努力抗争不让自己的生活被过多的思绪烦扰。

“思绪就像铁钳一样危险，千万不能有。”我们在河边洗衣服，或者深夜一起织毛衣的时候，她总这么对我说。

库龙，还有农庄，确实曾经都是她的人生，但是老妈懂得如何在即将被囚禁住之前从回忆、甚至是从根源中抽离出来。她从不像其他老人那样终日说着从前的故事。就算说起老爸的时候，她也从不提过去的那些时光，更多的是责备他就那样默默走了，从此不再和她有联系，让她只能一个人继续生活下去。真是一个自由的女人啊，老妈。

婚礼上还来了米夏埃尔的几个朋友、乔瓦娜的表姐妹，以及别的农庄来的几个人。埃里克吃饭的时候一直在和乔瓦娜的父亲聊天。他说米夏埃尔特别倔强但心地宽容。我们在卡尔的店里吃饭，他做了羊肉，还开了几瓶陈年老酒。乔瓦娜的表姐妹跳起舞来，还拉着老妈的手跳华尔兹，老妈的眼中充盈着大颗的泪花，觉得把自己的农庄交给这对新婚夫妇特别幸福。

“如果不把农庄给你们，那就只能被老鼠抢去了。”她拉着他们的手说。

酒馆的窗外可以看见库龙，我觉得它从来没有如此美丽过。我和埃里克又重新感受到了温暖。战争结束了，它没有杀死我仅有的几个家人。虽然很难接受，但是这都过去了。我只需要不再想它就是了。

# 第 三 章

1946年一月的一天，寒冷的雾气飘浮在空中。路上，从市场上回来的女人们沿着墙根走，围巾系到了鼻子的高度。田地里的村民们扔下锄头掬起手哈气，计算着回家的时间，等不及要坐到火炉前。一个卖水果的小贩带来了水坝的消息，他离开库龙之前在卡尔的酒馆里喝了几杯酒。

我们穿上靴子赶去围观。埃里克走得上气不接下气，我的目光一直盯着雪看。他们又开始挖地了。来了十几台拖拉机，起重机轰隆隆地把土挖到卡车里，卡车一直开到边界，把土垒成一道墙，那道土墙眼看着一点点在升高。我们眼前出现了一个巨大的坑。那是我见过最宽、最深的裂缝。水平仪勾勒出了运河的河床。再远一点的地方冒出来几百号工人，他们在不知道哪里来的明灯照射下组装房子，这些房子将来就会成为仓库、商店、餐厅、防护棚、办公室和工作室。空气中到处都是铁器的撞击声和发动机的隆隆声。埃里克让我去问那些意大利人是谁派他们来的，他们已经重新施工多久了。刚好有个人朝我这边走过来，我赶紧上前询问。但是那些人只是抬头看了看就又重新开始卖力地干活儿了，没有人理睬我。

工地的一边有一个棚屋，门是敞开的，可以看到里面有一张桌子，桌子上放着一个个文件夹和一沓沓文件。

“你们不能进来。”一个男人用德语说。他的帽檐盖住了眼睛，嘴里还叼着雪茄。

“又重新开始施工了吗？”

“看起来正是这样。”他用讥讽的语气回答。

门砰地被关上了。两个宪兵命令我们保持距离，不要越过封锁线。

回家的途中，我的目光垂得更低了。如果意大利政府又派工人来建造水坝，那么总有一天回来的还会有元首、战争、希特勒，以及脚跟下面都是雪的叛逃生活。总而言之，幻想过去终将成为过去是没有意义的。命中注定要留下一道不会愈合的伤口。

埃里克立刻跑去各个农庄。他不安地向大家讲述了他的所见所闻——巨大的坑、几百号工人、棚屋前面的宪兵和竖起来的水泥柱子。男人们让他别管了，都三十多年了，不是什么都没有建起来吗。那些阿布鲁佐人卖力地把管道拆了又装，那些威尼托人和卡拉布里亚人乐此不疲地把围栏固定好又拔出来。老人们回答他说自己已经老了、累了，轮到年轻人卷起袖子干活儿了。然而，那几个仅有的年轻人只是打发他说：“这下我们又多了一个理由离开这个鬼地方了。”接着，埃里克去找女人们，但是女人们也直摇头，嘴里复述着上帝肯定不会允许他们这么干的，说阿尔弗雷德神父会保护我们的，还说库龙是主教教区。只有一个人，一个从来没人在广场上见过的退伍军人，觉得他说得很有道理。

“如果他们继续建造水坝的话，我们就拿出在前线用的手枪，投下我们自己制造的炸弹，”他说，“要小心了，蒙泰卡蒂尼公司的先生们，现在村子里可到处都是武器。”

埃里克吃晚饭的时候一言不发。趁他喝肉汤的时候，我又一次提出要离开这个该死的地方，这里独裁统治一个接着一个，就算没有了战争也不会有和平的。他斜着眼看了看我，抬起下巴指了指窗外的库龙，又好像是在指我。这么多年了，我老是忘记如缠绕的藤蔓一般把他留在这里的原因。

他精疲力竭地倒在床上，一只手垫在脖子后面开始抽烟，把烟圈吐向天花板。我靠着墙，盯着他看。

“教我意大利语吧，特里纳。不会这门语言，我说的话别人一个字都听不懂。”他对我说。

从那一天开始，我们每天晚饭后就坐在桌子旁，一起用意大利语写下自己的想法，默写意大利语单词列表。我给他念故事，正如当年我给你念故事一样，正如当年我给玛丽亚讲故事一样。我们能说上好几个小时的意大利语。他从地里干活儿回来后，我在洗澡桶里给他按摩背部，他磕磕巴巴地用意大利语给我讲他的想法。他特别严肃地对待语言课，如果我不小心走神儿一会儿，他会立刻提醒我继续讲课。我编写了动词列表和名词列表，还给他唱从芭芭拉那里听来的歌曲。教给他的句子他第二天早上就忘记了。

“我现在都不会学习了，特里纳。”他用拳头砸了一下自己的腿，痛苦地把头埋在桌子上。

这个时候的他看起来就像一个老小孩，一个被自己的执念压迫的老小孩。

# 第 四 章

没过几周，认真地跪在冲孔机上工作的工人们已经挖出了坑道，烟尘缭绕中，谁也看不见铁丝网围栏后面的他们是如何辛勤劳动的。壕沟那里不断有载着石块的卡车开来，有的时候还有卸载沙子的卡车。一排混凝土搅拌车处理着钢筋混凝土，这是瓦工用来做石板的原料，石板进而会被制成堤岸、扶壁和水城门。那个戴帽子的男人时不时地停下脚步和埃里克说上几句话。他和埃里克并排站在一起，点上一根雪茄，看着远方的山。他是意大利人，但是德语说得特别溜儿。

“朋友，回到你妻子身边去吧，”他总对埃里克说，“我们要在这里待上好几年呢。”

“我希望你们离开。”埃里克说。

他挤出一个拧巴的微笑，吐出几个烟圈，目光却一直注视着山峰。

“进来吧，如果你愿意的话。”他一边走向草棚一边说。

棚屋里有一股灰尘和墨水的味道，其中还掺杂着纸张与咖啡的味道。

“要想让工程停下来，必须依靠有分量的人。”

“那些人是谁呢？”埃里克探身上前，“谁是有分量的人呢？”

戴帽子的男人在空荡荡的房间里四下看了看，在石制烟灰缸里掐灭了雪茄头，烟还在喉咙里，回答说：“其他地区的市镇长官，罗马政府，主教，教皇。你必须把村子里所有的人都动员起来。”他压低了嗓音，最后说了这么一句：“一个一个地去说服他们。”

听了这话，埃里克垂着头说：“他们觉得你们那么多次说要建造水坝都没有成功，所以不必担心；而且他们认命了，总是用上帝当挡箭牌。很多人甚至都不知道你们回来了。”

戴帽子的男人耸了耸肩，动了恻隐之心，点了点头。他一生都在周游世界，很了解人性。世界各处的人都一样，他们都只求平淡，眼不见心不烦。他知道这些，因为他已经在很多别的村子这么干过了——为了让铁路和公路通过，他沿着河流大动土木，清空街区，推倒房屋，在农田上浇铸水泥，在河岸建造工业区。他在工作中从来没有遇到过危机，因为那里的人都麻木认命，对上帝保持绝对信仰，那里有的只是那些追求平淡之人的视若无睹。就是这些事实使得他自己能够在草棚里抽雪茄，而那些从某个遥远的城市招募来的粗人只能乘坐“饥饿号火车”来到这里，像奴隶一样在雨中卖力地干活儿，在地下坑道里死于硅肺病。在他漫长的职业生涯中，他总能轻而易举地破坏几个世纪之前修建的老广场，拆毁世代相传的房子，砸烂那些听过夫妻间无数悄悄话的墙壁。

“你还有时间，”最后他说，“可是我们的工地范围一旦扩张到房屋，到时候只需几日，水坝就能建成了。那将是欧洲最大的水坝。”

那两个穿西装打领带的工程师也回来了，就是战前给村民们买酒喝的那两个人，他们是和几个瑞士人一起来的。传言说，建造水坝的项目瑞士人也插手了——苏黎世的企业家们为了重振能源市场，出借了数千万给蒙泰卡蒂尼公司。村里的人开始抱怨说，那我们可得万分小心了——瑞士人可不像那些意大利蠢蛋，他们向来严肃而且危险。就这样，终于有人跟着埃里克去了工地。他们看到卡车在三十米高的石堆和沙堆上作业，爆破工给岩石钻孔，混凝土搅拌车不停地工作，还有一群工人在用我们听不懂的方言大声喊叫。安装管子的工人们从坑道里探出身时特别像松鼠站在光秃秃的树桩上。村民们的眼神石化了，看着那条裂缝惊讶得合不拢嘴，还用手捂住耳朵，不想听到那些从来没有听过的噪声。

一天又一天过去了，裂缝宛如一块油渍在不断地扩张。履带式车辆和卡车爬到了山上，总是一副马上就要翻倒的样子。工人就是辛勤的工蚁，在冬日苍白的阳光下忙进忙出。农田没有了，那一片郁郁葱葱消失了。如今，土地产出的只有灰尘，地面上终日展示着碎石块。再也看不见从前的那番景象，再也看不见落叶松和仙客来，再也看不见牛羊无忧无虑地吃草。大山停滞般的宁静被埋葬在持续不断的机器轰鸣中。这噪声永不停歇，就连傍晚也不停歇，就连深夜也不停歇。

一天早上，埃里克召集了十多个人包围了戴帽子的男人住的棚屋。他们在屋外跺着脚怒吼，后来戴帽子的男人出来了，身旁还站着两个宪兵。他和埃里克四目相对后，嘴角浮起了一丝不易令人察觉的微笑。他拿出了一张画有雷西亚和库龙的地图，地图的角落里打了好几个红叉。地图很大，想要完全展开需要伸长手臂。他把地图递给一个村民，用手势告诉他地图可以给大家传阅。有些人在地图上找到了村庄，还找到了村庄的灌木和主要山路等等。另一些人因为看不懂撇了一下嘴，很快就把地图递给旁边的人。当地图重新被传回戴帽子的男人手上时，他解释说，水坝会建在这些红叉覆盖的范围内，但是这是一项费时的工程，需要通过一系列验证、批准和融资的过程，在很长一段时间内，这个村子不会受到任何影响。他甚至说不排除会有新的命令传下来再一次终止工程。

“要修建到村子中心，还需要挖很长的时间。”他总结说。

“那到时候水位会有多高呢？”有人问。

“五米，或者十米。”

村民们偷偷地交换了眼神。这个高度的水位，雷西亚和库龙会是安全的。

“所以说，我们的村子不会被淹没？”

“没人说过我们要淹没你们的村子。”

戴帽子的男人刚回棚屋，宪兵就命令我们解散。棚屋的门被关上了，村民们在泥地中拖着脚步走上了回家的道路。奥特拉峰上还有一丝阳光在照耀，但它连土地都无法晒干。

“他们要用好几年才能到村子呢，工头是这么说的。”

“谁知道这期间会发生什么呢。”

“希特勒和墨索里尼可能会回来。”

“大家都说他们其实没死，只是藏起来了准备重整旗鼓。”

“如果共产主义统治世界了，我们将来不仅可能是德国人或者意大利人，还可能是俄国人。”

“还可能是美国人，如果共产主义没有统治世界。”

“说不定成了美国人我们就要说美国话了，也不用说德语或者意大利语了。”

“美国人建造的可就不是水坝，而是摩天大楼了。”

“他说不会淹没库龙。”

“他说他不知道。”

“我还是有点担心。”

“你不必担心。”

村民们一边在泥地中拖着脚步，一边争论着。

与此同时，从南部来了上千号工人——结结实实、有着深黑色头发和橄榄色皮肤的小伙子们，把家人留在千里之外的饥饿的男人们，还有整个意大利的前法西斯分子和社会底层人物——我们自己的年轻人都去了北方。战争期间，有的人逃到了德国，有的人藏在瑞士，有的人被困在斯大林的古拉格当囚犯，还有许多人在荒僻的山峰上度过冬天之后，踏上了不会通向韦诺斯塔山谷的道路。

每个周六，母亲们还会照例来我家。她们挨个儿来拜访，让我念她们收到的信，但我现在无法继续编造信的内容了。儿子们写信说，他们不想回库龙了，库龙只有教堂、牛群和村民，没有丝毫可以改变人生的可能性。母亲们听到这样的话，双手痛苦地捂住脸，但嘴上只能承认这是真的，库龙是在时间边缘的村子。人生在这里是静止的。

“你们村子里已经没有男人了。只有老人，”一天，戴帽子的男人对埃里克说，“不要对垂暮之人抱有期望，从来都不会有好事发生的。”

# 第 五 章

埃里克把斑斑带在身边，整天去观察那些卡车：它们来来去去，一刻不停地装载着泥土，感觉要装到世界末日。他目瞪口呆地看着那些工人，他们已经建好了通往地下的台阶，然后把奇异的机械开入地下。

“那个水坝肯定不会淹没库龙的。”

“卡尔林巴克河是阿迪杰的一条支流，水量很小。”

“如果他们想要靠卡尔林巴克河的这一点水就把水位提高十米淹没我们，说明他们连基础算数都不会。”

那些跟着埃里克一起到工地的人就是这么对他说的。其他人来到我们家门口，问需要做些什么才可以阻止这些混账东西——他们满脑子想着的就是如何毁灭我们。家里不断有人拜访，埃里克给他们端上格拉巴酒，复述着戴帽子的男人的话：“我们要写信才行，设立路障是不够的。我们要向有分量的人寻求帮助。”

“但是我们不认识有分量的人呀。”

“我们连写字都不会。”村民们摊开手掌说。

“阿尔弗雷德神父会写字，特里纳也会写字。”他回答说。

村民们这才转身看看我，然后绷紧着嘴点了点头。

“我们要给周围地区的市镇长官写信，给意大利语报纸写信，还要给罗马的政客写信。”

“要给德加斯贝利总理写信，早在帝国时期，他正是在特伦蒂诺出生的！”一个人插了一句。

“那我们能做什么呢？”其他人问。

“继续去工地。要让他们知道我们时刻在关注这件事。他们本来也想在距离这里不到几公里远的瑞士和奥地利建造水坝，但是遭到了当地居民的强烈抗议，所以最后不了了之了。”

大家的焦躁终于让他安心了。他每天忙得连饭都忘记吃，上床睡觉之前才熄灭烟头。我因为他很晚才回家朝他瞪眼的时候，他就亲一下我的额头。

库龙市政府雇了一名西兰德罗来的律师。律师说给德加斯贝利写信是一个好主意，但是先要让部里来复审项目。

“那我能做些什么呢？”埃里克问。

律师耸耸肩膀说：“没有什么你可以做的，这是政治问题。”

埃里克因为和律师会面心情极其沮丧。为了平息自己的烦躁，他去找阿尔弗雷德神父，如果教堂里没有其他人，他就坐在教堂的靠背长凳上同神父讲话，向他讲述那些自己从来不曾和我提及的疑惑。有时候，我十分嫉妒他对阿尔弗雷德神父的这种信任；有时候，我又害怕他对上帝也感到失望。

“看见你这么频繁地出现在教堂很奇怪啊，”我对他说，“以前你可是从来都不来的。”

“是谁，在法西斯蹂躏我们的语言时站出来抵抗？是谁，让我们有机会上意大利语学校？是谁，留下来一直保卫南蒂罗尔？政客、意大利和奥地利只会争先恐后地洗干净自己。只有教堂在守护我们。”

阿尔弗雷德神父也很担心水坝的事。他说只要布雷萨诺内的主教经过此地，他就会把这件事情告诉他。

“我们现在就给他写信！”埃里克请求道，“我们不能再等下去了！”

阿尔弗雷德神父给他写了信。主教几个星期后就到了。在那几天里，文字好像可以移动群山，而最大错误就是不使用文字——不用文字来质问，不用文字来寻找，不用文字来争先发声。

埃里克和几个人一起去伯格音女修道院给自己找活儿干：清洁教堂，给玻璃窗掸灰，擦亮装饰。那个周日，人们聚集在教堂门廊上——每次主教来的时候都是这番景象。只有我和埃里克坐在教堂的第一排靠背长凳上。每一个人都期待着这位重量级人物带着冷峻的表情和让人不敢直视的凌厉目光能在讲话中谈及好几个主题。然而主教却开始做起了弥撒——好像我们这个村子从来都没有过神父，或者好像我们好几年都没有举办过弥撒似的。他让我们做祷告，坐着或者站着，用德语或者用意大利语。终于到了布道的时间，他怀着一如既往的激情给我们讲述了来生的概念，说它将会有多么的恐怖或者多么的美妙。最后的最后，他终于说了这么一句：“这个村庄正在被一项危险的工程威胁。我会向教皇写信让他对此有所了解。如果我们有资格值得他圣心的关怀，那么他一定会帮助我们的。”

同一天晚上，戴帽子的男人对埃里克说，他们已经决定把水位线升高到十五米。

他回家的时候我已经上床了。他坐在我旁边，手放在我的腹部。我们现在已经不做爱了。戴帽子的男人让他参观了工地内部的坑道——工人们如今已经可以开着汽油车进去了，再出来的时候满脸乌黑，好像皮肤上抹了一层碳。埃里克给我讲了坑道里面如何缺氧，那些可怜的家伙如何不断地咳嗽，但也只能轮流出来换口气。

“简直是奴隶干的活儿。”愤愤不平地感慨后，他向我描述了那些工人的境况，他们满脸通红地锄着地，全身都被汗水浸透了，忙着用雪明碳铁[1]粘石板，而这些石板早晚有一天会被水流用摧枯拉朽之力穿破的。

一群又一群的工人不断地拥来这里，好像土匪帮一样。他们住在二十五米长的棚屋里，屋子里面只有架子床，床上盖着一些干草，屋子中间有一个火炉，勉强散发出一些热气。这些棚屋和监狱里的住处一模一样。戴帽子的男人对埃里克说，如今有几千个工人分散在周围

1　碳化三铁——译者注，下同。

村子的工地上——那些和我们这里很像的村子。这些村子也毗邻阿迪杰的湖泊、河流或者某些支流。但是它们和雷西亚与库龙不同的地方是，这些村子并不会被水淹没。

“如今工业界已经意识到，现在正是收集起所有这些白色金子并赚上一笔钱的大好时机。”埃里克一边拉着被子一边咬牙切齿地说。

我现在也不知道该和他说什么了。我受够了喋喋不休地谈论他的那些战斗。我对水坝已经毫不关心了。

“你怎么了？”他问我。

“什么事儿也没有。”我转过身对他说。

“那你为什么不说话？”

“我没什么可以对你说的。”

他的双手搭在胸口，一动不动。

“你还在想马里卡吗？”我突然问他。

“我会不假思索地想。”他说。

“什么意思？”

“我不知道怎么用另一种方式给你解释。我就是会不假思索地想。”

“我只要一不想她，就会有负罪感。你对正在发生的一切都这么上心，你已经把她忘记了。”

“人要向前看，特里纳。”

“你没有因此受一丁点儿苦。”

“你说什么蠢话呢！”他反驳。

“你没有因此受一丁点儿苦！”我执拗地重复了一遍。

接着他突然转过身来，双手捏着我的下巴，失控地喊了起来：“如今她已经长大了，如果她想回来早就回来了！”他距离我的脸如此之近，我可以听到他重重的呼吸声。

我在毯子下面僵住了，听着他的这一番话在静谧而潮湿的房间里发出回音。他怒气冲冲地盯着我，然后放开我的下巴，好像扔掉某个东西一样。他蜷缩在床上，又一次转过身去。这是我第一次怀疑他背对着我只是为了不让我看见他在哭泣。我快要睡着的时候，听到他打开了床头柜的抽屉。他拿出一本笔记本，里面还夹着一支用小刀削过的铅笔，他在黑暗中翻开笔记本。我打开台灯，灯光照亮了上面的图画。画的是你。

我想要把画拿过来，但是他抓住了我的手腕，不想让我碰。他画得很好，笔触很精细，尤其是眼睛和嘴巴特别突出。有几页上只画了你的手。有一页画的是双带蝴蝶结的鞋子，这是我们为你的初领圣体弥撒礼仪买的。有一页画着你坐在桌子旁写作业的背影。还有一页画着你在梳头。你当时还是长头发，是刚刚开始上学的时候。

我不知道他画画的事。我不知道这个藏在袜子下面的笔记本。我不知道他整天待在外面干什么。这么多年过去了，我对他简直一无所知。

# 第 六 章

突然一声巨响传来，好像雪崩一样。我当时在学校，有那么一会儿，我和孩子们一起呆呆地看向窗外。之后我试图继续讲课。当我终于来到街上时，人们在谈论水坝，激动地说着事故什么的——水泥管子在坑道里面翻倒了，毁坏了围栏，压碎了一台推土机，还死了几个人。我拔腿就往工地跑。我跑得上气不接下气，背上都是汗。如果埃里克死了，我就逃回山上去，专门等狼吃掉我。我要跑去那个埋着德国士兵的石窟，不管我能活多久，那个时候就终于可以在隔着一座山峰的距离看着这个我开始憎恶的村子，村子里的村民对发生在自己眼皮底下之外的事毫不关心，还有那些痞子，入侵了我们的村子，还无耻地将我们的生活搞得乱七八糟。如果这就是和平，那我宁愿脚跟下面都是雪，宁愿忍饥挨饿，宁愿终日做恶梦，梦到纳粹冲入家门。

我跑了好几个小时，跑得喘不上气，跑到心跳紊乱。我在树林中呼喊他的名字，喊得嗓子都破了。工地上一个人也没有，坑道已经被废弃了，地上有管子的痕迹，看起来是被一股强力迅速摔到地上砸裂的。坑道里面还有推土机的残骸和翻倒的罐子，那是他们混合土和黏土的地方。几个工人曾经终日围绕着这里转来转去，好像昆虫绕着一片面包一样。死一般的寂静凝固在空中，我可以清晰地听到风吹过这片贫瘠的土地。我往回走了几步，接着朝着工地走去，接着又往回走，如此反复，最后迷了路。我旁边不远处是灌木丛开始的地方。太阳正在落山，我找不到之前走过的小径了。山谷、村子，还有那些路，我都不记得在哪里了。我正穿行在一排排的杉树间，忽然听到有人在喊我的名字。我转过身，看到埃里克正在一边朝我走来，一边踢走那些挡在脚下的石块。

“你还好吗？”我屏住呼吸问他。

“下次你还是在家里等我吧。”

“发生了什么事？”

“几根水泥管从卡车上掉下来滚到了坑道里。”

“真的死了一个工人吗？”

“死了不止一个。还死了个宪兵。”

我们往村子的方向走，远远地看见一群村民朝我们走来。晚上，卡尔的酒馆门口聚集了一群醉汉，他们举杯为水坝而喝，为意大利政府而喝，为蒙泰卡蒂尼公司而喝，为死去的工人们而喝，为宪兵而喝。

“如今他们已经对我们造成了伤害，应该会把工程停下来的，对吧，埃里克·豪瑟？”卖水果的小贩的儿子用挑衅的语气问。

“我不知道。”他回答说。

“对，他们会停下来的。”有一个人说。

“我早就跟你说过了，他们肯定建不成这个水坝的。”另外一个人这样说道。其他所有的人都点头称是。

工程真的停下了。住在水坝对面的棚屋里的工人们坐在木匣子上抽烟，驱赶着苍蝇。他们互相传着一瓶东西在喝，像牛一样吃着面包片。我们就算满脸不信任地看着他们也无济于事。他们比我们和睦的村民更加具有兽性。你闭着眼睛都可以看得出来，有多少灰尘已经进入了他们的脑子，让他们变得永远麻木不仁。对于他们来说，造水坝和造抽烟时屁股底下坐的木匣子是同一回事儿。他们等着周六发工资，在戴帽子的男人的棚屋外排队，走出来的时候把现金塞进口袋里。他们不在乎我们，不在乎山谷。他们脑子里只有执行命令，只知道咳嗽，把正在害死他们的灰尘咳出来。夜晚他们肯定会梦到日光满照家乡，梦到只要一回家就和他们做爱的妻子。

那个宪兵的葬礼上来了一小队人。弥撒仪式结束之后，棺材被裹上意大利国旗，抬上了一辆闪闪发光的车，运往梅拉诺。而那些死去的工人只能挤在某个地方，等蒙泰卡蒂尼公司尽快做完调查。

从罗马来的调查员来了，他查验并记录了事故。与此同时，戴帽子的男人把工人们都转移到瓦莱伦加的路边，那是一处更加平坦的区域，位处库龙前方一点。他命令工人们开始建造新的棚屋，用的是小房子形状的预制组件。

“你们面对死亡也不愿意停下吗？”埃里克说。

戴帽子的男人张开手掌，绷紧了嘴唇。

“这些破房子是用来干嘛的？你们想把我们困在这里面吗？”

“如果政府继续这个工程的话，这将会是那些还愿意留在这里的人的临时住房。”他回答。

“你们已经决定要升高水位线了吗？”

“水位线将会是二十一米。”

“比村子还要高。”

“比村子还要高。”他复述道。

“但是市政府张贴的通知上写着，你们只会把水位线提高五米！”埃里克失声抗议道。

“‘实际情况要根据以上工程的具体细则为准’，上面还写了这句话。”

一天又一天过去了，越来越多的预制组件出现了——它们看起来像排成单线的小盒子。村民们晚上跑去偷看，但是宪兵很快就开始轮流执勤，再也不让任何人靠近了。一天晚上，那个退伍军人和另外两个人成功潜入了棚屋——或许他们真的准备让炸弹爆炸，或许只想在里面探看究竟——突然一阵风砰地关上了门，他们被宪兵抓了个正着。他们在格洛伦扎的监狱被关了几天，周日早上被释放，那时正好迎面遇到从教堂出来的人群。埃里克想走近和他们打招呼的时候，他们用力推了他几把，恐吓说让他走远点，好像是埃里克把他们抓进去的一样。其他人都纷纷附和。

“滚开！”他们不停喊着，“埃里克·豪瑟你停手吧！别来烦我们！”

埃里克什么话也没有对我说，扭头走上了回家的路。我跟在他后面。我一边走一边在想芭芭拉，她连移民去德国都没有和我说一个字。我觉得我俩的整个人生都是一个错误。

一天，我趴在窗前，脑子里正想着将来在那些悲惨的胶囊房里该怎么生活，突然萌生了一种写作的冲动。我坐到桌旁，盯着一张白纸开始思考。我在纸上写道，工业丝毫没有把库龙和山谷的历史底蕴当回事儿，在这一大群粗鄙之人以及乌合之众的工程师们来这里之前，我们有着源远流长的农业和畜牧业，那个时候，无论是农庄还是灌木丛，无论是草地还是小径，到处都是一番和谐景象。那是一片富饶而和平的土地，那是我们的土地。为了一个水坝而放弃这一切，简直太野蛮了。随便哪个地方都可以建造水坝，但是这里的景色一旦被毁坏，就再也无法重生了。我最后写道，景色是没有办法补偿或者复制的。晚上我把写的这页念给埃里克听，他亲吻了我的额头。他说现在大家已经组成了一个山谷防护行动委员会，已经在讨论为什么报纸对我们的事一丁点儿也不在乎。

“意大利语报纸，本应该负责报道意大利正在发生的事情——正是那个我们南蒂罗尔人不惜任何代价都想要保卫的意大利！”他热血沸腾地说。

我又念了一遍我写的那页纸，埃里克说：“我们把这个也送去。”

“是的，但是不要署我的名。你来签名。”

我很快就忘记了那些文字。我没有问过埃里克它们最后去了哪里，也没有过问委员会里都发生了什么。他还是终日和阿尔弗雷德神父、市长和几个关心此事的村民讨论到深夜，但是我可不想再提起这件事了。混乱已经太多了，就像那些洗了一次又一次的牌，让我们在夜晚难以入眠。有人来家里在火炉前和埃里克谈论工地正在发生的事情时，我就把自己一个人关在房间里。我也深深地陷入了听天由命和漠不关心的状态，和那些农夫农妇们一样。他们说得有道理，把所有的时间都花费在水坝这件事上是不实际的，这容易让人发疯。守护水坝这种事属于“赫拉克勒斯[1]的丰功伟绩”，只有埃里克·豪瑟能将这样的任务扛在肩上。那个律师很没效率，写给德加斯贝利的那封信一直都没有被他寄出去。再说了，德加斯贝利在奥匈帝国时期出生这件事，对他自己来说丝毫不重要，或许他连有没有库龙这个村子都不知道。或许韦诺斯塔山谷不过只是一个和夏季假期联系在一起的名字，再无其他。能让我提起兴趣的事情，就是埃里克叫我用德语写一篇文章——鉴于那些意大利的报纸有些从来都不提起我们，有些甚至支持蒙泰卡蒂尼公司的立场——在文章里我呼吁大家都投入到一项事业中，我们都是其中至关重要的一员，就算不可避免地要面临我们自己的毁灭。

---

1　希腊神话中的半神英雄，力大无穷，完成了十二件“不可能完成”的任务，即“赫拉克勒斯的十二功绩”。

我不知道这是怎么发生的，但只要我把一页纸放在眼前，这些文字就自动从笔下涌出来了。那些我没有意识到自己拥有的愤怒，那些在我脑海中徘徊不去的烦扰思绪，文字都予之以实体。我丝毫不畏惧致信主教、蒙泰卡蒂尼公司董事长或农业部部长。委员会用我写的信向农业部部长发出邀请，请他来村里视察，想让他看一看把这个山谷摧毁是一件多么冒渎的事情。

几个月之后他真的来了，安东尼奥·诺森部长。他一直都把信放在大衣口袋里。他是从斯卢德尔诺和其他附近的村子过来的，准备在库龙停留，看一看牧场、田地还有正在劳作的村民。他很不满意地说，蒙泰卡蒂尼公司的那些人给他说了一大堆谎话，还向他发誓说我们这儿只是一个鲜有人烟的破败村庄，而不是一个欣欣向荣的村子。阿尔弗雷德神父在他旁边，一直不停地用蹩脚的意大利语向他复述他们正在犯下多么大的罪行。突然，他往旁边走了几步，背对着我们用双手捂着眼睛，然后回到我们身边，改变了和我们说话的语气，好像是要发表一番庄严的誓言。诺森刚说了几个句子，他的顾问就猛地拉住他的一条胳膊，摇着头叫他不要再说了。顾问代表诺森讲了几句话，讲话的时候还把一只手放在了阿尔弗雷德神父的肩膀上。

“部里会就此事向你们做出回应的，但是在目前这个阶段，我们无法保证可以成功终止工程。我们能做的呢，就是如果出现最坏的情况——这个工程最后完工了，我们保证提供一笔补偿金，这笔钱一定足够补偿你们的损失。”

# 第七章

三月的一天，我们被一个一个地召集到了仲裁法庭。他们向我们提出了两个选项：金钱补偿或者重新建房。

“但是要等新建的房子，”他们介绍说，“你们还得要有耐心。”

“有耐心是什么意思？”

“有耐心就是有耐心的意思。”这些公务员回答我们问题的态度和中央任命市长时期的那些公务员完全一个样儿。法西斯虽然已经不再是法定制度了，但是它还在我们中间，原模原样——所有那些傲慢和蛮横的手段，还有墨索里尼带来的全班人马。新的意大利共和国需要他们维持政府官僚机构的运转。

法庭外面，我们吃惊地你看看我，我看看你。我们又一次陷入了两难的境地，需要决策留下还是离开，正如 1939 年那样。那些拿到钱的人会去别的地方——或许去亲戚家，或许去山谷的另一个村子。那些选择房子的人铁了心要留下来，就算河水会把一切都淹没也在所不惜。

“那到时候去哪里放牧呢？”

“如果我们把牛羊都卖了，你们会付给我们多少钱？”

“我们还要在那长得像监狱一样的新房子里面待多久？”

“为什么你们给我们的农庄就估那么一点点价？”

“寄给我们的征用令，上面的印花税票真的比我们田地的一平方米还要贵吗？”

我们朝着仲裁法庭那群戴着眼镜的公务员激动地喊着。但是他们只是不冷不热地回答说，都还没有决定呢，他们只想了解需要建多少新房子，有一个大致的概念就行了。还说不要逼他们把宪兵叫来把我们赶出去。

同一天，阿尔弗雷德神父来敲我们的门。

“教皇要接见我们！”他手里拿着主教的信通知我们，“你也要去罗马。”他着急地对埃里克说，态度比往常更加坚定。

埃里克哈哈大笑起来。他，一个韦诺斯塔谷地的农夫，去罗马，见庇护十二世！我们都笑了。阿尔弗雷德神父严肃了起来，又说了一遍：“你也要去。”接着，阿尔弗雷德神父和埃里克约好第二天一大早见面后就离开了，把埃里克一个人留在门口。埃里克坐着布雷萨诺内主教的车出发去博尔扎诺，然后换乘火车到了罗马。他们受到了教皇的私人接见。我问过他无数次“教皇什么样？”“你们都说了什么？”“他的宫殿怎么样？”但埃里克一句话都没有和教皇说，枉费我们俩还一起准备了一个简短的发言稿。庇护十二世压根儿就没有理他。埃里克给我讲了在门口站岗的瑞士警卫、布满湿壁画的大厅、那些画作、那些地毯和透过悬挂的窗帘可以瞥到一眼的巨大花园。他对我说，教皇很帅，还让我看了一张他们送给他的照片。照片上教皇戴着的眼镜箍住了脸，一脸惊讶的表情，我倒是不觉得帅。谈话的时候他们都讲意大利语，埃里克没有很费力就可以跟上他们谈话的节奏。整个见面的过程中，他一直坐在一个小沙发的小小一角，打量着频频点头的教皇。雷萨诺的主教也没说一句话。让交谈活跃起来的任务又一次落在了阿尔弗雷德神父的身上——就连在庇护十二世面前说话他也挥舞着自己干瘦的双手，脸颊发热，为库龙正在遭受的不公平待遇而感到痛心。

“这种不公平的事不能听之任之啊，圣父，”他说，“这种不公平的事恰好发生在法西斯主义作恶之后，说明我们还没有完全脱离法西斯的苦海；这也是一场暴力事件。”他绷紧了嘴唇，把下巴往前伸着继续说，“不得不提的还有我们的人口数量在冲突时期大幅减少，再加上许许多多未归的流离失所者。”

教皇又一次点头称是。接着，他让三个人一起祷告，但只有几分钟而已，然后就让他们退下了，只是重复说自己一定会介入此事，会让人写信给罗马政府，询问部长是否有重新调整工程的可能性。

“我心中惦念着你们这个团体。”这是教皇与他们告别前说的最后一句话。

还有什么走廊啊，守卫啊，车窗外的罗马啊，看到宫殿和宽阔的街道而迷失的埃里克啊，以及他脑海中教皇的脸。教皇和他连手都没有握。

“他会和上帝说要阻止那些狗娘养的吗？”库龙的村民们来问他。

“他说他会一直惦念着我们这个团体的。”埃里克只是笨拙地重复了教皇的话，不知道自己还能讲什么。

# 第 八 章

埃里克让我给邻近地区的市镇长官也写封信。“在这场战役中，你们不要觉得自己可以置身事外。面对着水坝带来的威胁，你们不能装聋作哑。如今教皇也站在我们这边了，他鼓励了我们，嘱咐我们要团结。你们不能吝惜你们的支持，你们应该同我们一同战斗。”我这样写。

阿尔弗雷德神父每周日都叮嘱大家不要离开。

“只要有一个人走，就意味着库龙和雷西亚失守了。”每次弥撒的最后他都这样告诫大家。

村民们都说事情正在走向正轨。教皇惦念着我们，所有的事情都可以交给委员会、本堂神父、市长和埃里克·豪瑟。如今，人们能做的就只有等待罗马的答复，期待其他村子的团结一心，还有耐心等待仲裁法庭计算补偿金了。谁知道呢，说不定在此期间又会发生什么新的事故，或许某人会把瓦莱伦加的棚屋全部炸了，或者至少把那个嘴里总叼着雪茄、帽檐总盖住眼睛的混蛋的办公室炸掉。其他人却说要把炸弹放在罗马才行，就放在意大利语报纸的总部——正是这些人忽略了我们，一心只为蒙泰卡蒂尼肮脏的利益服务。我警告过埃里克，让他不要和那群总想使用武器的人混在一起。但就算如此我还是不信任他，直接去和阿尔弗雷德神父讲了这事。

“我们会因此失去教堂的帮助。我们会因此失去所有人的支持，更不用说上帝的支持。如果那头蠢驴藏匿武器的话，那就告诉他别想踏进教堂一步！”他疯了一般地吼道。

埃里克回家的时候我告诉了他阿尔弗雷德神父的话，他低下头，像极了一个因偷窃被抓住的小孩。

就连周日施工也在进行，工人们一直劳作到半夜。如今，拖鞋店后面都已经可以看到混凝土管子像牙齿一样从地面露出来，空气中第一次可以闻到变味的水汽。远处，其他的工作队升高了河堤，还建好了泄洪道和水城门。水城门很快就要被打开，给我们带来洪灾。我们假装什么都看不见，只是远远地围观。我们相信教皇，相信委员会，相信阿尔弗雷德神父，相信他们可以介入。但在1947年那个燥热的春天，水坝已然在我们身后巍然耸立，一秒都没有放过我们。

埃里克没日没夜地忙着组织监视和抗议行动。他动员了几个小队，规模小到不会引起任何人的警觉。他只需要一个村民就足够让自己坚持下去，让自己觉得自己很有用。我尽量每次和他一起去，害怕留他一个人面对一切——一个人怒吼，一个人无助地生气。我想要保护他，让他永远都不要承受被人抛弃的痛苦。

五月的那天，我也和他一起去了。那天库龙终于来了特伦蒂诺的几个村民，他们过来给我们打气——雷西亚和库龙这次成为了一个村。我们赶着牛羊一起去，让牛羊也同我们一起呐喊。我们向宪兵、工人们、蒙泰卡蒂尼的工程师们以及上帝展示了我们所有的一切。劳动的双手，呐喊的声音，还有牛羊。在一个施工平台上，埃里克作为村民代表用扩音器说了下面这番话，我一直记在心中，因为那正是我写给埃里克的：“工业社会的利益侵扰了我们，侵扰了我们的田地，侵扰了我们的家园。库龙百分之九十的居民只能被迫放弃自己的土地。我们的诉求就是向你们呼救。拯救我们吧，不然我们会被毁灭。”

那个下午，橘黄色的太阳烤热了他的面庞，他的双眼紧紧盯着颤抖的手中紧紧握住的几页纸。他的嗓子喊破了，他每次停顿我们都鼓掌，吹口哨，牛也跟着哞哞叫，好像它们也听懂了一样。终于，人们呼喊，人们哭泣，人们走上街头相互用目光给予对方力量。终于，人们堂堂正正做了一次库龙人，至少在那天，没有人只想着自己，没有人匆忙赶回家，没有人想去别的地方，因为和他站在一起的，还有女人们、孩子们、牛羊以及和他一起长大的男人们——就算他们以前没有和他说过话，就算他们以前的选择和他的背道而驰。

埃里克给我指了指戴帽子的男人。他在人群旁边，嘴里没有叼雪茄，脸上带着淡淡的笑意。宪兵在他周围形成了人墙，但是他的眼里完全没有宪兵，也并不需要，因为从他的表情可以看出，他问心无愧。

# 第九章

部长的回信到了。西兰德罗的律师把这个消息带给了我们。

“他们什么都不会调整的，工程会继续进行下去。”他悲伤地说着，把一页我们读不懂的纸给我们看。

埃里克去找戴帽子的男人。他还在那个遥远的棚屋里，里面只有他和两个宪兵。

戴帽子的男人严肃而和善地端详他，说：“他们给你们回信，只是因为教皇要求他们这样做。”

“那现在呢？”

“你们只剩下极端行为了。”

当戴帽子的男人整理书桌的时候，埃里克瞪大了他灰色的眼睛，疯狂地抽着烟。“杀死一个宪兵或者开枪打死一个工人会改变什么吗？”

“或许你们应该把我给杀了。”他说着，没有看埃里克。

在学校，我让每一个孩子都写信阻止建造水坝。一天的课程结束后，我把这些信全部都收上来，然后放在他办公室前面。我想要用几篇简短的故事，一丝纯洁的童真来对抗蒙泰卡蒂尼在村民背后搞的鬼。戴帽子的男人突然推开门，好像他一直站在我身后偷看一样，他用粗壮的手拿起了信，邀请我进去喝杯咖啡。书桌上的一堆文件夹和文件把我俩隔开。他把每一封信都面无表情地读上几段，接着给我又倒了一杯咖啡。

“这些文字是不足以救你们的，”他把那一小包信还给我，接着说，“这些不够，那些送去德语报纸的、有你丈夫署名的文字也不够。”

这是我第一次看他的眼睛，像墨水一般黑。我不禁想，他究竟遇到谁会把自己的帽子脱掉。他是不是有一个女人，面对她的时候才会把自己的眯缝眼睁大。

“你们离开这里吧，”他用一种更加热情的语气说，“带着你们的牛羊去其他的村子。你们还不老，你们还能重新生活。”

“我丈夫肯定不会接受的。”

其他老师也在做相同的事情。他们送去了一叠一叠的信。阿尔弗雷德神父组织集体祷告、巡游和守夜。有几个村民同一些从意大利北部来的村民一起，准备去工地剪断防护网。可是宪兵立即赶到把他们赶走了。几天后，黎明的曙光刚刚亮起，还是那群村民，他们翻过了检查站，一共四个人，在栅栏的那边跑来跑去，喊破了嗓子，朝坑道里面正在工作的工人们狂奔过去。宪兵鸣枪示警，但那四个人仍然赴死一般，疯狂地跳到工人们身上。戴帽子的男人下令不准开枪，任由这四个人和工人们对抗——斗殴中，灰尘扬起，拳打脚踢。可工人们人数众多，一会儿就压在了他们身上。他们的武器被收走了，脸还被踩了好几脚。村民们在靴子底下一动也不能动，脸上不仅因为沾了土而发红，还因为羞愧而发红。

从格洛伦扎派来了更多宪兵。街上气氛紧张，和战争时期一个样。他们在路上巡逻，在荒无人烟的广场上巡逻——好像冷不丁就会有手雷爆炸一样。唯一一个还在外面逛的是一个两米高的小伙子。他瘦瘦高高的，披着浅棕色的斗篷，还戴着近视眼镜。他把车停在市政厅附近，手插在大衣口袋里，高高地抬着下巴离开了。他一直走到水城门，看着坑道里面的工人在那儿填土。土面用水平器校平，然后种上草原植被，营造出一种山谷可以回到从前那般和谐的假象，假装水坝没有破坏当地的生态平衡。他时不时停下来，把手伸入土里，任由土壤从指间漏下。下午他去了委员会，说自己是一个地质学家，来库龙的目的正是声讨蒙泰卡蒂尼对工程监察的保密，他还要谴责在工程背后运作的那些苏黎世企业家们。

“就是他们给蒙泰卡蒂尼公司提供的资金，”他激动地说，“瑞士是不允许侵犯个人利益的。在我们那里，这种手段根本就不可能被考虑。总之，”他提高了一个声调继续说，“这片土地是多洛米蒂山脉的碎石形成的，这种泥土连最基本的连续性都没有。在这上面建造水坝是不可能的。你们必须要求重新调整工程，”他戴着起雾的眼镜总结道，“德语报纸是站在你们这边的。你们要向奥地利和瑞士求助，而不是向意大利政府求助。”

委员会的人先是充满疑虑地看着他，然后带他去了工地。埃里克敲开棚屋的门，但是戴帽子的男人一看到地质学家就露出一副痞子的表情，表示不想见他。地质学家冷笑了一声，继续收集泥土。他说自己会用其他方式帮忙，还要帮我们在报纸上发表新的文章。他说很快就会把检测数据发给罗马，保证水坝工程以失败告终。他要用自己的证据把所有有罪的人都绳之以法。

“如果他们把水坝给弄塌了，或者水坝出现溢流，这个工程就终止了。再或者，水坝到时候根本就无法运行。”他离开之前说道。

阿尔弗雷德神父要我给奥地利外交部写信。那是我写的最后一封信了。“这个水坝对你们也很危险。你们是否还记得，这个山谷有好几个世纪都曾经是你们的家？”我最后写道。

维也纳从来都没有回过信。那天之后，那个四处闲逛、戴着近视眼镜的地质学家就再也没有出现过。

# 第十章

周围地区的长官们回信了。他们不想在任何重新调整工程的申请上签字，也不想给任何反对请愿书署名。总而言之，对于他们来说，让河流改道很有利，因为可以避免他们自己土地上的溢流。

埃里克对我说："如果我们的邻居觉得我们被淹死没有问题，那么给戴帽子的男人额头上来一枪又有什么用呢？"接着把手枪交还给了我——正是被我杀死的那些德国士兵身上的那几把枪。"在我做出任何出格的事情之前还是由你保管这些枪吧，特里纳。"

"你和我说实话，有人在策划暗杀吗？"

"我不知道。"

"求你了，不要再去工地了。回到店铺里，和你的儿子在一起，照顾小牛。"正当我对着他絮絮叨叨的时候，他一把将我抱在怀里，把一根手指放在我的嘴上。

这是他告诉我他自己做不到的方式。

"为什么我越是感觉这一切都快要结束了，越是怀有一种绝望的不舍呢？"那个下午，我们站在河床上看着雷西亚的居民搬出村子的时候，埃里克问我。他们的土地突然就被征收了，我们可以看到，从农庄里面走出来好几户人，都背着大包小包，手里提着行李。那些想把家具搬走的——由于无法告知我们的原因——必须雇蒙泰卡蒂尼的工人，付上一笔钱，我不记得多少里拉了。就这样，被清空的房子里装满了他们自己的物品。男人们把床垫扛在肩上，女人们臂弯里抱着孩子，努力向前看去，朝着那天特有的、明亮的地平线走去。天空悬挂着红色的云彩。雷西亚的居民们排成了一条线，拖着被宣告有罪之人才有的沉重脚步。列队的宪兵用难以琢磨的眼神盯着他们。那些征收前就决定要走的人，当时也是拖着这样的脚步离开的。他们有的去了马莱斯，有的去了格洛伦扎，有的去了普拉托阿洛斯泰尔维奥。有的人出去只能租房，有的人要幸运一些——可以找自己的兄弟、表亲和远房亲戚借住。阿尔弗雷德神父无法把自己的目光从离开村子的那些人身上移走。

“现在我们真的输了。”他看着他们走远，一直重复说着。

那些决定留下来的家庭拖着沉重的脚步搬去了分散在瓦莱伦加土地上的胶囊房里。那些房子歪歪斜斜，狭小逼仄，还是椭圆形的，房子的外形千篇一律。那些蒙泰卡蒂尼的人还建了一个教堂。那教堂看起来像一个荒废的供电站。他们觉得这样已经满足了我们的一切要求。

一天早上，库龙的一个村民在棚舍里面发现了半米高的水。死掉的母鸡和散落的干草漂浮在水面上。他走上街头开始怒吼。所有农舍和店铺里的人都赶忙回去查看自己的棚舍、酒窖和地窖，发现一切都被水淹了。广场上不到一会儿就聚集起了一群愤怒的人。埃里克跑去叫阿尔弗雷德神父。教堂的地下也都积了齐膝高的水。

“那些混蛋没有通知我们就关上了水城门！”埃里克说。

“我们去雷西亚吧，”本堂神父下令说，“现在这个点儿，工程师们还都在办公室呢。”

阿尔弗雷德神父刚到，我们就排成了队。一共有两百多个人，年轻人，老年人，男人，女人。我们向雷西亚行进。那天米夏埃尔也来了，他是来看望我们的。他偶尔会路过这里，简短地探望我们一下，没有什么特别的。自从他搬去了格洛伦扎以后，埃里克也不经常去木匠店了，我们很少见面。他们两个也没有再说过话。

路上有人在齐声喊着口号，有人在哭泣，还有女人在嘶吼。下午我们到了雷西亚，在岩土工程实验室的员工棚屋外面，我们遇到了蒙泰卡蒂尼的工程师们。他们一开始都僵住了，后来看到我们人数众多，就加快了脚步，最后竟然开始像偷鸡贼一样跑了起来。他们朝一个宪兵跑去，大声喊着他的名字。最后几排的小伙子们脱离队伍跟上了他们。米夏埃尔也加入了他们。我们其他人口里喊着：“不要脸！”小伙子们迅速挡住了工程师们的去路，把他们推向人群，人群立马把他们围了起来。阿尔弗雷德神父大声喊着说谁也不准动手。

“你们已经关掉水坝的闸门了吗？”他用平静语气问道，但是仿佛下一秒就要爆炸。

“我们当时没有来得及通知你们。”他们尴尬地倒吸一口气说道。

他还没来得及问工程师们其他的问题，两辆宪兵队的车就迅速赶到，停在了距离我们几步的地方，宪兵们举着枪下了车，拨开人群。工程师们很快就躲到他们身后，被护送进了车里，而我们丝毫没有停止辱骂他们的意思。接着，宪兵们径直向阿尔弗雷德神父走去。他们抓住他的手腕，把他像犯人一样押进第二辆车，然后隆隆地开走了。我们朝着他们肮脏的车怒吼，扔石块。一些小伙子试着跑去拦住车但是未果。米夏埃尔大喊："混账！法西斯！"手里也抓了一把石块。

最后，汽车消失在路的尽头，我们面面相觑，吓得一动不敢动。埃里克和米夏埃尔还互相拉了一下手把对方拦住。

阿尔弗雷德神父两天后才重新出现。他们以煽动群众的罪名把他关进了监狱。

我们在库龙度日如年地过了最后几个月，好像遭受着杀人水刑的惩罚——一滴一滴的水，总是落在额头上同一点，直到整个头被淹没。我想起了山上的那个胖女人，她曾经这么鼓励我："至少我们今天还都没死！"但是如今没有人可以再说这句话了。我也想起了那个制止宪兵殴打埃里克的工程师。"发展肯定要比几栋房子更有价值。"工程师这么对他说。实际上，比起发展，我们宁愿和这几栋房子共存亡。

阿尔弗雷德神父被捕后，大家都被一种听之任之的情绪左右——好像一只手挡住了我们的双眼。他们说，绝症晚期的病人、死刑犯和自杀者也会有同样的想法。人在临死前会变得内心平静，就像一盏和平的明灯，不知从哪里升起，灯光却肆意弥漫开来——那是一种真真切切的感受，不需要文字来表达。我不知道这种听之任之是人类最大的骄傲、最英雄化的举动、能求得的最彻底的永恒，还是对人类本能懦弱的承认——还没到最后就放弃反抗。我很确定的却是另外一件事，一件与之毫无关系的事：如果你回来了，那么被水淹没这个念头就再也吓不倒我们了。有了你，我们一定可以找到离开这里、去别的地方重新开始的力量。

八月，他们派人给每家每户都画了十字。所有要被三硝基甲苯炸药炸掉的房子上都用红色油漆画了十字。原来的村子只剩下圣安娜小教堂还留着，那里如今是所谓的新库龙。凌晨时分，他们也标记了我们的农庄。几分钟后，老妈、阿妮塔和洛伦茨的农庄也被标记了，那是法西斯 1939 年的时候分配给意大利移民的。最后一个离开村子的是一位老妇人，她和我同名。她朝着窗外喊道，洪水来的时候她站在桌子上或者站在房顶也能活下去。他们最后硬是把她给拉走了。

周日，我们坐在教堂的靠背长凳上聆听最后一次弥撒。做弥撒的是全特伦蒂诺的十几个神父和布雷萨诺内主教。这次弥撒我一点也没有听进去。我满脑子想的都是如何调和那些不可调和之事：调和上帝和视若无睹，调和上帝和毫不关心，调和上帝和库龙村民的悲惨遭遇。正如戴帽子的男人所说，这个世界上每个角落的人们所经历的遭遇都一模一样。就连带耶稣的十字架和我的思绪也不可调和，因为我一直相信，死在十字架上是不值得的，更好的选择是逃离，像乌龟一样把头缩进壳里不看外面的恐怖世界。

弥撒结束后，埃里克拉起我的手，带着我沿着河堤散步。阳光温暖，在地上拉出长长的阴影，让人想走进田地里。我们那次的散步，虽然看起来只是围着湖边转了一圈，但却令我终生难忘。我永远都无法忘记这是一个水坝，就建在曾经的草地上——我和马娅还有芭芭拉曾经躺在这里，米夏埃尔曾经在这里玩球，而你在这里跑来跑去，老爸叫你停下来都不肯。

钟楼远远地敲响了钟声，也许因为这是最后一次，钟的响声也有所不同：因为那天早上的钟声宛如一篇乐章，回响中我追忆起了自己在库龙的人生，那是一段艰难却还可以承受的人生，因为就算有可怕的痛苦——譬如你的消失——我都和你父亲一起挺过来了，我从来都没有沦落到被生活打败、想要破罐子破摔的境地。如果要问我们最大的心愿是什么，我们会回答说，就是能继续生活在库龙，那个没有任何人生机会、年轻人都逃离了、很多士兵都不复归来的村子。就算对未来一无所知，就算没有其他任何保证，只要能留下就好。

# 第 十 一 章

他们在农庄放三硝基甲苯炸药的时候，我们已经挤进了胶囊房里。炸药引爆的噪声和炸弹不一样——那是一种哑掉的声音，而且很快就会被倒塌的墙壁、断裂的地基和瓦解的屋顶发出的噪声盖住，仅留下坍塌成灰的廊柱。

我们从一个小洞里窥到了爆破执行的整个过程。埃里克屏气凝神，我双手抱怀。毁掉前几座房子的时候，我紧紧地靠在他身边，后来，我只是木然看着其他房子倒下，不再屏住呼吸。最后只剩下了钟楼，那是罗马的考古遗产管理局下令修复的。后来又过了整整一年，水才把一切都淹没。水上升得很慢，却从不停歇，一直淹至钟楼的一半高。从那以后，钟楼在水面独自伫立，宛如波光粼粼的水面上一名海难遇难者的上身。

那天晚上睡觉之前，埃里克对我讲，卖掉农庄和田地能拿到的那部分钱，得去博尔扎诺的银行提取。但是去一趟市里的交通费就比我们能兑换到的现金还要多。很多人都离开了。留下来的人从一百多家减少到了三十多家。米夏埃尔的木匠店也被淹在水下了。

为了我们这些留下来的人，蒙泰卡蒂尼公司除了棚屋以外，还建造了一个公用棚舍，里面的牛羊挤来挤去，不断互相踢打。鉴于田地已经被水淹了，埃里克决定把牛和小牛卖给屠夫。我陪着他走在去圣瓦伦蒂诺的下坡路上，我们旁边就是水坝的河堤。斑斑跟在我们后面，疲惫不堪地呜呜叫着。如今他已经老了，走起路来腿一瘸一拐，还不停地吠叫，想要我们抚摸它。它看我的眼神宛如凛冽的冬日。行进的小牛被一只一只地绑在一起，排成单线，它们不安地盯着水面。小牛们沉重的脚步后面和旁边摇摇摆摆地跟着三头母牛，最后面跟着山羊。

“你把它也带走吧。”埃里克指着斑斑对屠夫说。

屠夫一言不发地看着他。埃里克给了他两张纸币。“拜托了，你把它也带走吧。”他重复道。

我拉住他的一条胳膊，一直说让他不要这样，但是他那严肃的眼神告诉我，这才是最好的方式。

我们回家了，身后空无一物。奶白色的天空上，变暗的云彩排成一条线在移动，就是夏日暴风雨前出现的那种云。我不知道我们究竟是如何让自己习惯住在三十四平方米的空间里的。这就是每个家庭分到的房子，不管家庭成员有多少。我自己对这样狭小的空间没有什么意见。一个人可以摔倒在另外一个人身上，吵架的时候只能盯着对方眼睛看，两人还可以从同一扇窗户往外看：这就是我想要的。留给我们的也只有这些了。

第二年，我们买了一台电视机。周六的时候邀请邻居一起看电视节目，也算不寂寞。埃里克出门的时候从来不关收音机，音量很低，听起来像有人在抱怨。这样的背景声能让我分散注意力，不再总是想着那些我自己也叫不出名字的思绪。

我继续去学校上课，教写字，读故事，给孩子们系围裙。有时候我会对某个女孩子着迷，盯着她们的眼睛，观察她们微笑的方式，她们让我想起你。如今这样的事情也很少发生了。你的样貌我已经快记不得了，你的声音我也已经快忘记了。你就像蝴蝶飞过，缓缓地，跌跌撞撞，却又难以抓住。

外面下雨的时候，埃里克肘部搭在膝盖上，双手撑着脸看着墙壁。我总对他说，要多一点耐心，很快他们就要给我们建造新的房子了。而且对于我们这种丢掉工作的人，他们会给我们一笔补偿金，帮我们渡过难关。市政府的人是这么告诉我们的，省里的人是这么告诉我们的，大区的人也是这么告诉我们的。但其实，等到我住进这间公寓时，已经过了很长时间。这套两居室的公寓就是他们分给我的。我们从来都没有收到过补偿。埃里克没有见过这间房子，因为他在那之后的三年就去世了，死在了1953年的秋天。他是在睡梦中去世的，正如老爸一样。医生说他心脏有疾病，但是我知道，其实劳累才是最主要的原因。对，他是因劳累而死的，其他人给我们带来的劳累，也有我们自己带来的劳累，我们的想法带来的劳累。他失去了他的牛羊，他的田地被淹没了，他已不再是农民了，也无法继续住在自己的村子里了。他不再是自己想做的人——当你不认可自己的人生时，人生很快就让你觉得劳累。就连上帝都无法帮助你。

我越来越频繁地记起，那个春日的早晨，他在我们散步回家时对我说过的那番话。那时水位突然降低了，几个小时的时间里，那些老墙、铺满植物和沙子的草地都重新出现了。埃里克把我带到窗前。

“我觉得今天哪里都没有水了。我还能看见村子、喷泉和排队饮水的牛、连绵的大麦和小麦田地，还有锄地的弗洛里安、路德维希和其他农民们。”

他用无比真诚的语气对我说了这番话，在那一瞬间，我恍惚觉得，自己仍然是靠在老爸的门框后面偷偷看他的小姑娘，看他那金黄的头发凌乱地挡住了双眼。

他死以后，我把那晚他给我看的笔记本放进了他的大衣。我们没有床头柜了以后他总把笔记本带在身边。我发现他画了新的画。一个荡秋千的小女孩，一个睡在怀抱里的小女孩，一个骑车的小女孩头发飘扬在风中。有时候我都怀疑这个小女孩不是你，我对自己说，这应该是米夏埃尔的女儿，埃里克有时候会去看她，带她出去散步。他喜欢她叫爷爷，和她一起朝水里扔石头。我不知道他和她在一起时会不会想着你，因为毕竟他自己说过，他会不假思索地想你。

除了这个笔记本、一小捆照片、一个装着火柴的旧盒子之外，我没有其他属于他的东西了。我连他年轻时总戴着的那顶帽檐可以盖住眼睛的帽子也没有了。我把他的衣服都给了那辆时常来收衣服鞋子的小卡车，之后它们会被送给世界上其他地方的穷人穿。或许继续活下去的唯一方式就是变成另外一个人，而不是放任自己停下来。有几天，我会悔恨莫及，其实我整个人生都是这样。有时候我突然觉得想要扔东西——烧光，撕烂，摆脱掉它们——或许这是我防止自己发疯的方式。

在这个地方的后面，在老村子的上边，是他的坟墓。那是一块人工湖对面的小墓地。三硝基甲苯炸药被放在房屋里的前几日，蒙泰卡蒂尼的一名建筑师去找了阿尔弗雷德神父，说他们会把墓地也铺上柏油。阿尔弗雷德神父一把抓住他的领口，逼他跪在十字架面前把他说过的话再说一次，接着拳打脚踢地把他从教堂赶了出去，然后跑去通知埃里克。那是他最后一次在所有的农庄里转了一圈。那也是最后一次，就连那些经常在他面前摔门或者扑打在他身上的人们也聚集在教堂门口呼喊着：我们死去的亲人无法忍受先被水泥再被水淹没的遭遇。

我们在广场上待到了半夜，一直到戴帽子的男人从宪兵队的车上下来。他用冰冷的声音承诺说会找到解决方案的。第二天，一小群市镇派来的工人到了，他们脸戴面具，身着防护服，肩挎消毒泵。他们挖出了尸骨并转移到上面的新库龙。为了节省空间，他们用小藏尸骨罐子和小孩棺材运送那些遗骸。很多年以后，当阿尔弗雷德神父去世的时候，他们把他葬在埃里克墓旁。他的坟墓上写着："愿上帝赋予他天堂的欢乐。"你父亲的墓碑上，我一个字也没让写。

夏天，我下去散步，想绕着人工湖转一圈。水坝产能非常低，从法国人那里买核电要便宜得多。没过几年，那片死水中伫立的钟楼俨然成为了一个旅游景点。度假的人从这里经过，一开始惊喜万分，后来习以为常。他们和身后教堂的钟楼合照，一个个都笑得像傻子一样。就好像这水下面淹的不是落叶松的根茎，不是我们房子的地基，不是我们聚会的广场。就好像那段历史从来不曾存在过。

一切都回归了一种诡异的平常。窗台和阳台上又插上了天竺葵，窗子上挂起了纯棉窗帘。我们如今住的房子和阿尔卑斯山脉的任何一个村庄没有什么两样。假期过去后，街上复归一种难以言喻的寂静，有些东西就再也藏不住了。可再难愈合的伤口也总会停止流血。怒火，甚至那些导致暴行的怒火，也注定和所有的事物一样变得柔软，屈服于某个我不知名的、更宏大的东西。只有向群山询问才能得知那些已经发生的历史。

我们村庄毁灭的大致经过现在藏身于旅行社大巴停车场里的木质候车棚下面。那里有老库龙、农庄、赶着牛羊的村民、阿尔弗雷德神父组织最后一次巡游的照片，其中一张照片中还可以看见埃里克和委员会的同志们站在一起——都是放在玻璃陈列柜里的黑白老照片，照片下面的标语是从意大利语粗略翻译成德语的。还有一个小博物馆，有时候开，去的都是些好奇心强的游客们。那些我们的曾经，没有什么别的东西留下了。

我看着拨开水面的独木舟，一直滑到钟楼的脚踏船，还有躺着晒太阳的游泳的人。我观察着，努力试着理解他们。没有人了解这水下都有些什么。那些我们不在的时候发生过的事情，没有必要为之停下脚步甚至痛苦万分。要向前走，就像老妈说的那样，前进是唯一的方向。不然的话上帝会让我们的眼睛长在两侧。像鱼一样。

奥地利
AUSTRIA
Resia雷西亚
Curon库龙
瑞士
SVIZZERA
S. Valentino alla Muta
圣瓦伦蒂诺阿拉穆塔
Alpi Venoste
奥茨塔尔阿尔卑斯山脉
马莱斯 Malles
格洛伦扎 Glorenza
斯卢德尔诺 Sluderno
Silandro
西兰德罗
卡斯泰尔贝洛
Castelbello
梅拉诺
Merano
Bolzano
博尔扎诺

○库龙周边地图

# 后 记

我第一次去库龙韦诺斯塔（德语是Graun im Vinschgau）是2014年夏日的一天。大广场上游客从大巴车上下来，旁边一群骑摩托车的人来来往往。码头的位置是最适合与背后的钟楼拍合照的地点。夏天，准备自拍的人总是在那里排成很长的队。这些装备着智能手机排队的人，是唯一可以让我转移注意力的景象，让我不再沉浸在被淹没的钟楼、淹没雷西亚和库龙古老村庄的水面。我不知道还能找到什么可以更清楚地表达历史的残暴。

从那个夏天至今，我多次回到库龙。每次远离这片土地时，这片山村的景象、对这个处于瑞士和奥地利边境的山村的挂念，总是一刻不停地陪伴着我。每一份可以找到的文章和文件，我都尽我所能研究琢磨好几年。很多工程师、历史学家、社会学家、老师和图书馆管理员都给我提供了帮助。我还特别聆听了每一个见证人说的话——那些经历过那段狂暴历史的老人。我本想采访几个爱迪生公司的人——曾经的蒙泰卡蒂尼公司，从始至终地实施了水坝工程的大型建筑公司——但是没有一个人愿意见我，也没有一个人回复过我的邮件或者电话。太遗憾了，如果可以参考他们的档案并提出几个问题，那会是非常有意义的事（例如：为什么施工过程中死去了26个工人，他们是怎么死的？强行征用给人们留下的社会、经济、心理影响的评估受到过重视吗？鉴于公司和居民的所有沟通都使用了他们不懂的语言，公司认为自己在和当地群众沟通时尽到了伦理道德方面的责任吗？真的如《多洛米蒂日报》1950 年 9 月 7 日那一期上所说，雷西亚和库龙被水淹后仅仅十日蒙泰卡蒂尼就在湖上组织了一场帆船比赛吗？）。

虽然对于库龙的这段历史，我经常会加上上阿迪杰－南蒂罗尔的历史，但是我深深地认识到这个村子——和所有细小的现实与边缘的现实一样——时常都有它自己独特的生命力。而且这唯一一个在欧洲被法西斯主义和纳粹主义接连统治过的地方，即使如今已经有很多文字甚至故事诉说它的这段历史，然而在我看来，这个地区的历史是意大利历史上痛苦而有争议的一页，它仍然值得被再一次讲述。

关于水坝事件，我遵循文献和事实见证中描写的重要事件，并把这段故事小说化，只讲述那些引人注目的段落。地理名称和描述事件的遣词造句与事实不符之处，以及幻想片段的插入，很显然是由于叙述的需要。总而言之，这本小说的写作不可能没有编造和改写。因此，我按照惯例声明，书中出现的人物纯属虚构，如与现实中的人物和事件雷同，纯属巧合。在自由创作的过程中，我不认为书中提到的历史人物（包括阿尔弗雷德神父形象的塑造是基于阿尔弗雷德·列柏主教，他当了近五十年的库龙本堂神父）和提到的叙述性事实受到了负面影响。

我觉得自己——大概很多小说家都会这样觉得——对上阿迪杰的